KB040144

_____ 님께 드립니다.

비가 오나 눈이 오나

반려견과 산책하는

소소한 행복일기

비가 오나 눈이 오나
반려견과 산책하는 소소한 행복일기

초판 1쇄 발행 2019년 5월 2일

지은이 최하나
발행인 송현옥
편집인 옥기종
펴낸곳 도서출판 더블:엔
출판등록 2011년 3월 16일 제2011-000014호

주소 서울시 강서구 마곡서1로 132, 301-901
전화 070_4306_9802
팩스 0505_137_7474
이메일 double_en@naver.com

ISBN 978-89-98294-59-5 (03810) 종이책
ISBN 978-89-98294-60-1 (05810) 전자책

매일매일 동구와
동네 한 바퀴를 돕니다.
그렇게 사계절이 흐르며
3대의 가족애가
더 끈끈해졌습니다!

비가 오나 눈이 오나

반려견과 산책하는
소소한 행복일기

벌꿈아트

최하나 지음

동구야~
나가자~

오닝글로리

카페
씨엘

더블:엔

내가 개를 키우지 않았다면 몰랐을 일들

- 강아지와 들어갈 수 없는 곳이 이렇게 많을 줄 몰랐다!
- 개를 키우고 있다는 하나의 공통점만으로, 모르는 사람과 대화를 나누게 되었다. 길에서 마주치는 낯선 견주들과 소소한 대화를 나누게 될 줄은… 정말 몰랐다!
- 계절이 바뀌는 걸 알아채게 되었다! 나무에서 새순이 돋아나는 모습은 물론 길가의 작은 풀꽃들도 관찰하게 되었다.
- 그 어떤 생명체건 돌보고 기른다는 것에는 만만치 않은 에너지와 관심이 필요하다는 것도 알게 되었다!
- 내가 그림을 그리기 시작했다. 순전히 동구를 직접 그려보고 싶어서.
- 일기예보를 잘 챙겨 보지 않던 내가 아침에 제일 먼저 날씨부터 확인하게 되다니!
- 어색했던 명절날이 화목한 분위기로 탈바꿈하게 될 줄이야! 개를 데리고 오면 같이 내쫓아버린다고 했던 아버지가 개할범으로 180도 변했다.

프롤로그

며칠 전, 편의점에 갔다 돌아오는 길에 남편으로부터 충격적인 소리를 들었다.

"나 다시 태어나면 장인어른의 개가 되고 싶어."

??? 이게 뭔 소리인가 한참을 생각했다. 알고 보니 우리 집 반려견 동구를 두고 한 말이었다. 아빠가 한없는 사랑으로 손주처럼 알뜰살뜰 동구를 대하는 모습이 부러웠나 보다. 그렇다. 날이 갈수록 우리 아빠의 강아지 사랑은 심해지고 있다.

"야, 너네 아빠 사연이 라디오에 나왔어."

일 때문에 서울에 올라가는 길이었는데 갑자기 엄마가 음성파일을 하나 보내셨다.

아빠가 '임백천의 골든 팝스' 라는 라디오 프로그램에 동구 사연을 보냈는데 뽑혀서 월 장원 후보에 올랐다는 거였다. 반려견 이야기에 청취자들이 귀 기울여주고 메시지를 보낼 정도로 공감해 줬다는 게 놀랍고 감사했지만 그 내용을 가만히 듣고 있자니 한편으로는 마음이 쩡했다. 그도 그럴 것이 결혼 전까지 막내딸인 나와 아빠의 사이는 유별났었다. 아빠와 나는 둘이서 일본 배낭여행도 가고, 매주 맛집투어에 극장나들이를 다니곤 했었다. 하지만 (전) 남친이자 (현) 남편을 만나고 난 뒤 나는 무언가에 홀린 듯이 그렇게 친했던 가족을 까맣게 잊어버리고 말았다.

"하나가 시집가고 나서 우울증 걸릴까 봐 얼마나 걱정했는데."

길에서 만난 동네 아주머니들은 엄마 걱정을 했다며 토닥여주기도 했단다. 하지만 새 보금자리에서 배우자와 함께 새로운 가정을 꾸미느라 나는 그 사실을 전혀 알지 못했다. 실은 자식을 떠나보낸 부모의 심정을 헤아려보려고 하지 않았던 것 같다.

그러던 어느 날, 동구를 데리고 부모님을 찾아갔다. 그때 나는 반신반의했다. 낯선 사람을 봐도 반기며 우다다다를 시전하는 반려견이 어쩌면 얼어붙은 우리 사이의 냉랭한 기류를 녹여줄지도 모른다고. 그리고 그 바람은 현실이 되었다. 동구를 만난 다음 날 아빠는 다시 한 번 보고 싶다며 데려오라고 하셨다. 그 후로 모든 건 180도 바뀌어버렸다.

여름에는 동구가 더울까 봐 걱정
겨울에는 동구가 추울까 봐 걱정
뛰어다니면 동구가 다칠까 봐 걱정
잘못 먹이면 동구가 배탈날까 봐 걱정
집에 혼자 두면 동구가 외로울까 봐 걱정
천둥번개가 치면 동구가 무서워할까 봐 걱정

반대로

똥만 싸도 동구가 예쁘다며 박수
식탁 위 홍시를 파먹어도 잘했다며 박수
공만 물어 와도 동구가 귀엽다며 박수
문을 긁으며 열어달라면 동구가 똑똑하다며 박수
발라당 누우며 배를 보이면 동구가 사랑스럽다며 박수

그러니 이제 엄마는 다시 태어나면 남편의 개로, 나는 다시 태어
나면 아빠의 개로 태어나겠다며 서로 배틀을 할 지경까지 이르
렀다. 나는 정말 빚을 졌다. 털이 복슬복슬한 한 생명체가 부모
의 사랑을 다시금 느끼게 해줬으니까 말이다.

※ 동구 할아버지의 사연은 월 장원에 뽑혀서
동구 할아버지와 할머니가 크루즈 여행을 떠나게 되셨답니다.
효도는 동구가 하고 있네요. 동구 만세~!!

머리말

나는 어릴 때부터 걷기를 유독 싫어했다. 태어나기를 하체가 부실한 상체비만인 탓에 육중한 몸에 비해 가늘기 짝이 없는 두 다리로 서 있는 자체를 힘들어했다. 그건 아무리 러닝머신 위를 달리고 사이클을 타도 바뀌지 않았다. 앉아서 갈 수만 있다면 두 시간이 더 걸려도 버스를 선택했고 지옥철을 피할 수 없는 날에는 매서운 눈으로 빈자리를 스캔하고 엉덩이부터 잽싸게 밀어넣기도 했다. (단, 노약자석과 임산부석은 제외. 양심과 도덕성은 잃지 않았다) 되도록 덜 걷고 적게 서 있는 게 삶의 모토처럼 되어버렸지만 어느 순간 그 이상적인 다짐은 깨져버렸다. 아니 깰 수밖에 없었다.

바로 비가 오나 눈이 오나 하루라도 밖에 나가지 않고는 못 배기는 존재 때문이었다. 산책을 통해 세상을 만나고 세상과 연결되는 이 조그마한 생명체. 어느 날 데려온 나의 반려견 동구. 피곤한 날에도 운동화를 꺾어 신고 걸을 수밖에 없게 만든 이 녀석과의 산책은 나에게는 거스를 수 없는 미션과도 같았다. 그렇다고 책임감 때문에 괴로운데도 마냥 희생하는 마음으로 참고 싶지는 않았다. 그런 건 결국 우리 둘을 옭아맬 뿐이고 얼마 가지 못할 거라는 걸 알고 있었으니까.

그래서 그 길에서 의미를 찾고 즐거움을 발견하고 재미를 숨겨 두었다. 동구는 싫건 좋건 슬프건 기쁘건 행복하건 우울하건 세상 밖으로 나를 불러내 오랫동안 잊고 지냈던 작지만 소중한 것들을 발견하게 만들고 그 길 끝에서 사람들과의 새로운 인연을 만들어주었다.

사실 특별할 것 없다. 흔하디흔한 품종의 강아지와 뻔하디뻔한 코스를 도는 일기. 그 속에는 드라마틱한 사건도 놀랄 만한 등장인물도 없지만, 퇴근 후 천근같은 몸을 이끌고 반려견을 데리고 나가야 하는 모든 견주들에게 이 소소한 이야기를 바치고 싶다.

CONTENTS

small tip contents

동구야,
나가자!

동구랑 동네 한 바퀴

보이 중에 보이는? 제임스 맥어보이
맨 중에 맨은? 휴 잭맨
초보 중에 초보는? 바로 나.

이런 시답잖은 말장난을 하는 이유는 바로 내가 초보 견주라는
걸 강조하기 위해서다…. (눈물이 또르르) 나의 반려견은 태어난
지 약 7개월 정도 된 미니어처 푸들로, 동구라는 구수한 이름을
가지고 있다. 반려견을 데리고 나갈 때마다 동네 할머니 할아버
지 아주머니 아저씨 청년 꼬마들 모두 이름을 듣고는 흠칫 놀란
다. 그중 단 한 명도 이름이 예쁘다는 말을 해준 적이 없다는 사
실이 슬플 뿐이다.

동구를 키우게 된 건 나의 아주 오래된 소망에서였다. 철이 없던 꼬마 때부터 나는 길에서 강아지를 발견하면 발걸음을 멈추고 빤히 쳐다보곤 했다. 주인도 아니면서 저 멀리 꽁무니가 보이지 않을 때까지 그 자리에 멈춰섰다.

"엄마, 나 강아지 키우면 안 돼?"
"안 돼. 언니가 비염이 있잖아. 털 날리면 안 좋아."

몸은 자랐지만 나이는 먹었지만 여전히 철이 없는 나는, 어른이 되어서도 종종 가던 길을 멈춰 남의 강아지를 빤히 바라보고는 했다.

"엄마, 이제 언니 비염도 나았는데 기르면 안 돼?"
"안 돼. 똥오줌은 누가 치울 건데? 목욕은 누가 시키고? 아프면 돈도 들고, 그냥 막 키우면 안 돼."

똥오줌은 엄마가 치워주고 산책과 목욕은 아빠가 시켜주면 된다는, 책임감이 1그램도 없는 답변을 자신 있게 준비했지만 늘 마지막 질문에서 막히곤 했다. 사회에서 자리를 채 잡지도 못한 내가, 언제 실업자가 될지 모르는 내가, 반려견을 돌보는 데 필요한 비용을 꾸준히 댈 수 있는가 하는 질문에 자신 있게 답을 할 수 없었다.

그러던 어느 날, 나는 귀인을 한 명 만났다. 같이 일을 하게 된 사람이 사진 한 장을 보여준 것이다. 그건 다름 아닌 자신이 키우던 강아지였다.

"남편이랑 같이 키우세요. 너무 예뻐요."
"저도 키우고 싶어요."
"키워요."
"그런데 자신이 없어요. 정말 오랫동안 키우고 싶었는데 제가 잘할 수 있을까 싶어요. 생명을 들이는 일인데 끝까지 돌봐줘야 하니까 확신이 설 때까지 함부로 결정하면 안 될 것 같아요."

그러고도 한참 뒤, 나는 그제야 확신이 섰고 용기를 냈다. 그렇게 3n년의 망설임 끝에 반려견 동구가 나의 품으로 왔다.

반려동물을 들인다는 건 쉬운 일이 아니었다. 내 몸 하나 건사하기 바쁜 사람이 새로운 생명을 죽을 때까지 책임져야 하는 일은 결코 쉽지 않았다. 그렇게 나는 '동구 엄마'로 거듭났다. 아가 때 동구는 참 많이 귀여웠다. 몸집이 작고 눈망울이 그렁그렁해 아련해 보이기까지 했다.

"강아지들 엄청 많이 봤는데 동구보다 예쁜 아이는 못 본 것 같아요."

자주 가던 카페 사장님의 말에 내가 칭찬받은 것 마냥 기뻐 어깨춤을 추며 집에 돌아온 적도 있었다. 다행히 동구는 데려온 첫날 장염에 걸려 병원에 하루 다녀온 것 말고는 잔병치레도 많지 않았다. 하지만 어느 정도 자라 배변 훈련을 시키면서 나의 인내심은 시험당하기 시작했다. 푸들은 굉장히 영리하다고 했는데 동구는 똥오줌을 잘 못 가리고 실수를 하기 일쑤였다. 3주 정도 똑같은 말을 하면서 여러 가지 방법들을 시도했으나 달라지는 게 없었다.

'이래서 아기 키우는 거랑 비슷하다고 했구나.'

사람으로 치면 두 살 지능밖에 되지 않는 데다가 태어난 지 3~4개월밖에 되지 않은 몸집 작은 아가가 저절로 실수도 없이 대소변을 가린다면 그게 더 신기한 일일 것이다. 다행히 동구는 내가 정말 모든 방법을 쓰고 지쳐 나가떨어질 때쯤 거의 완벽에 가깝게 배변을 가리기 시작했다. 그후, 밥 먹을 때마다 낑낑대며 먹으러 달려드는 동구를 사료만 먹게 훈련시키는 것도 정말 이 방법 저 방법을 가리지 않고 모두 쓰고 나가떨어질 때쯤 성공할 수 있었다. 이를 통해 나는 반려동물을 교육한다는 건 인내와 끈기를 가지고 하지 않으면 안 된다는 걸 배웠다.

배변훈련도 식사습관도 길들인 후에 동구는 자란 티가 제법 났다. 그리고 어느새 4kg이 넘는 개린이(개+어린이)가 되었다. 이때부터 동구를 데리고 산책을 나가기 시작했다. 처음에는 땅에 발을 딛는 것조차 힘들어하던 아이가 어느새 주인을 내버려두고 저 앞으로 달려가겠다고 발버둥을 쳤다. 짧은 목줄이 힘겨워 늘였다 줄였다를 할 수 있는 반자동 긴 목줄을 새로 구입했다. 몇 달간의 관찰을 통해 내가 알게 된 건 다음과 같다.

♥ 동구는 흙과 나무를 좋아한다.
♥ 다른 강아지들의 배변 냄새를 맡으려 한다.
♥ 바닥에 떨어진 음식에 달려든다.
♥ 겨울에는 옷을 입히고 거기에 패딩까지 입혀줘야 추워하지 않는다.
♥ 다른 강아지를 만나면 엉덩이와 꼬리 주변을 어슬렁거린다.

우리의 산책코스는 A, B, C, A-1, B-1, C-1을 크게 벗어나지 않는다. 그래도 날마다 우리는 길 위에서 다른 사람들을 만나고 다른 개들을 만나며 다른 것들을 보고 다양한 냄새를 맡는다. 사실 반

3월 14일
Today ; It's Sunny but windy

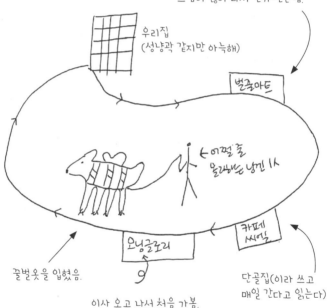

포인트 적립해놓고 자주 드나듦.
주인 아저씨(로 추정되는 분)가
매번 문을 열어주셔서 황송할 지경.
물건이 많고 약간 동네슈퍼의
느낌이 많이 나서 뭔가 친근함.

우리집
(성냥곽 같지만 아늑해)

별관아트

← 어쩔 줄
올라하는 냉면 1人

카페
써니뭐

오닝글로리

단골집(이라 쓰고
매일 간다고 읽는다)

꿀벌옷을 입혔음.

이사 오고 나서 처음 가봄.
노트랑 수정테이프 그리고
두툼한 지우개까지 2900원에 get!

21

려견과의 산책 일기라고는 하지만 이 기록은 나의 산책 일기라고 봐도 무방할 것이다.

사랑하면 내가 싫어하는 것조차 하게 만든다고 했다. 곰손이라 그림에 전혀 소질이 없는 나를 기어이 약도에 캐릭터(?)까지 그리게 만든 건 그만큼 동구를 향한 나의 사랑이 크다는 걸 보여주는 것일 게다. 하지만 이게 절대 귀찮지 않다. 아주 짧은 여정을 기록하게 되면서 나는 반려견과의 산책을 기다리게 되었으니까. 칼바람이 부는 날에도, 피곤해서 손가락 하나 까딱할 수 없는 날에도, 웃으면서 동구와 함께 밖에 나가게 되었으니까.

Small Tip

반려견의 인사법

강아지들은 사람처럼 인사를 하고 통성명을 하는 대신에 서로의 엉덩이 주변을 냄새 맡는다. 이를 통해서 성별이나 기분을 알 수 있고 나아가 질병유무까지 알 수 있단다. 이 모습이 좀 민망해 보이기도 하지만 자연스러운 거라고 하니 막지 말자. 단, 상대방의 반려견이 이를 싫어하거나 원치 않는 것 같다면 기다리거나 피하는 등 최대한 배려해줘야 한다.

★ 산책 시 필요한 준비물

봄 : 배변봉투, 트릿 (간식이나 사료)

여름 : 배변봉투, 트릿 , 휴대용 물병

가을 : 배변봉투, 트릿

겨울 : 배변봉투, 트릿, 여벌의 옷

- 실내에 잠시 들어가게 될 때에는 이동가방이나 이동장을 챙기면 좋고, 땅이 젖어 있을 경우를 생각해 물티슈를 챙기면 흙탕물이 튀거나 묻었을 때 닦아낼 수 있다.
- 필요한 물품을 한꺼번에 가방에 담아 견주가 들어도 되고, 하네스 가방을 구매해 반려견에게 메게 하는 것도 괜찮다.

3월 21일

봄이 왔어요

날씨가 제법 푹해졌다. 그래서 겨우내 입혔던 동구의 꿀벌옷을 벗겨줬다. 두 달 전에 미용을 해서 빡빡이가 되었는데 털도 제법 곱슬곱슬하게 올라왔으니 이제 춥지 않을 것이다. (오히려 산책을 하고 난 뒤에는 헉헉대며 물을 찾는다) 사실 오늘은 미세먼지 때문에 산책을 시켜주지 않으려 했다. 검색하면서 알게 된 사실인데 반려동물에게는 이런 날씨가 더욱 안 좋다고 한다.

동구는 아침부터 내내 시무룩해 있었다. 산책을 가지 않는다고 심술이 나있는 게 분명했다. 배변 훈련이 완벽히 되어 있는 똑똑한 푸들인 동구가 화장실 앞에 보란 듯이 오줌을 갈겨놓은 것으로 알 수 있었다. (나와 신랑이 외출하거나 내가 일을 하고 돌아오면 그랬다. 하지만 내가 집에 있거나 신랑과 함께 하루 종일 놀아주면 100% 배변패드에만 볼일을 보는 동구다)

'건강에 안 좋다는 데 어쩌지?'

여러 가지 대안을 떠올렸다. 누구는 계단을 오르락내리락하며 운동을 시킨다고도 했고 애견카페에 데려간다고도 했다. 하지만 동구는 낯을 많이 가리는, 사회성이 약간 부족한 강아지라 다른 무리들과 어울려 노는 걸 별로 좋아하지 않는다. 몇 번이고 시도해봤지만 꼬리를 엉덩이 사이에 감추고 테이블 밑에 쭈그리고 있어서 얼마나 마음이 아팠는지 모른다. 아무튼 뾰족한 수가 없어 보였다. 게다가 산책만 나가면 세상 누구보다 아련한 눈빛으로 함박웃음을 짓는 동구의 모습을 떠올리니 잠시라도 데리고 나가는 게 좋겠다 싶었다.

'그래, 무리가 되지 않는 선에서 살짝만 산책을 시켜주자.'
게다가 나는 오른쪽 다리를 다쳐 걷는 게 불편한 터라 오래 데리고 다닐 수도 없었다.

산책 전용 후리스를 챙겨 입고 목줄을 손에 쥐자 동구가 마치 높이뛰기 선수인 양 뛰어오르기 시작했다. 조금만 더 크면 왠지 손잡이도 돌리고 나갈 것만 같다. 하지만 우리 집은 고층! 엘리베이터를 타기 전에는 바깥 구경을 할 수 없다.

오늘의 코스는 살짝 다르게 잡았다. 기존에 A와 B를 주로 반복해서 다녔다면 오늘은 C-1 정도? 큰 길가로는 잘 안 가는데 쭉 돌아서 가보기로 했다. 가는 길에 좌판을 늘어놓은 아저씨를 만났다. 사람 친화적인 동구는 미친 듯이 꼬리를 흔들며 또 반기고 있었다. 이런 모습이 싫지 않은지 아저씨가 내게 말을 걸어왔다.

"아이고, 끈 좀 길게 해봐."

아저씨는 동구와 하이파이브를 하고 싶어 하셨다. 어디서 본 적이 있다. 외국에서는 다른 사람의 반려동물을 빤히 쳐다보거나 만지는 걸 무례하게 생각한다고. 하지만 나는 동구를 반기는 사람들에게는 호의적으로 반응하게 된다. 내 새끼를 예쁘다고 해주는데 그냥 인사 없이 지나가기 어렵다.

"반가워서 그래요. 인사해, 동구야."

아저씨는 길을 다 건널 때까지 동구에게서 눈을 떼지 못했다. 날씨 탓에 손님이 줄어 적적하시기도 한 듯했다.

길을 다 건너 돌아서 보도블록을 걷기 시작했다. (사실 나는 걷고 동구는 뛴다) 귀신같이 나무가 심어져 있는 부분만 공략하는

3월 21일

Today : It's dusty

네모난 정자: 진짜 오래된 아파트에서만 볼 수 있는 'ㅁ'자 정자로, 벤치가 빙 둘러싼 가운데에 공간이 있어 편히 쉴 수 있다. 가끔 동구를 데리고 여기서 테이크아웃한 커피를 마시기도 함.

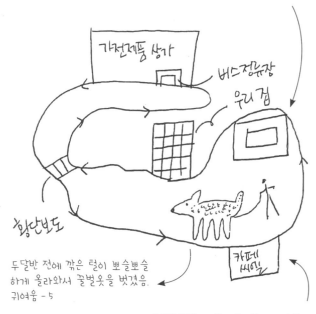

가전제품 상가

버스정류장

우리 집

카페 씨에일

황단보도

두달반 전에 깎은 털이 뽀슬뽀슬하게 올라와서 꿀벌옷을 벗겼음. 귀여움 - 5

(초)단골집: 매일 가는 곳이라 단골이라는 이름도 뭔가 민망함. 주인아주머니가 우리 동구를 매우 예뻐해주심. 강아지를 키우고 계신데 가끔 꿀팁도 알려주심. 지난번에는 동구가 혀를 내밀고 헉헉대니 물을 주셨음. ㅜ_ㅜ

너! 다른 강아지들의 흔적을 쫓고 떨어진 음식의 냄새를 맡고 풀 내음을 음미하며 발버둥을 친다.

"엄마, 나 조금만 더요."

이런 동구의 목줄을 잡아끄는 게 마치 놀이터에서 실컷 놀고 있는 아이에게 집으로 돌아오라고 하는 것과 같을까 봐 조금 더 시간을 보내게 내버려두었다.

"킁킁킁."

그 모습을 보는 나도 기분이 좋아진다. 오랫동안 자세히 바라봐서 그런지 내 눈에는 동구가 코를 훌쩍이며 냄새를 맡는 모습이 확연하게 보인다. 좌우로 바쁘게 움직이는 콧구멍이 마치 이리저리 움직이는 안테나 같다.

이건 동구의 산책이기도 하지만 나의 산책이기도 하다. 한창 걷다 보면 목이 마르다. 그러면 나의 단골 카페로 향한다. 강아지를 키우고 나서 새로운 사실을 알게 되었다. 평소에 당연한 듯이 드나들던 곳을 반려동물과는 함께할 수 없다는 점이다. 만약 개를 키우지 않았다면 몰랐을 것이다. 이제 나는 어딜 가든 반려동물도 데리고 들어갈 수 있는지를 먼저 확인한다. 단골집도 동구를 데리고 앉아서 커피를 마실 수는 없지만 테이크아웃 정도는 할 수 있기에 매번 이용하는데 우리 집만큼이나 뻔질나게 드나들어 주인아주머니는 정확하게 내 취향을 파악하고 계신다.

♥ 식사를 아직 하지 않았다면 카페라테를
♥ 쿠키와 함께 주문할 때는 아메리카노를
♥ 기분이 울적할 때는 아이스크림이 올라간 초콜릿 브라우니를

게다가 주인아주머니도 강아지를 키우시는 터라 가끔 꿀팁을 얻기도 한다.

"물 좀 줄까요?"

동구를 데리고 들어가면 산책을 하고 있다는 걸 아시고는 물을 주시는데 그게 고마워 거절할 수가 없다. 커피를 기다리는 동안 동구는 그걸 할짝대고 나는 그 모습을 바라본다.

"동구야, 잘 가."
"네~ 안녕히 계세요."

나는 창피한지도 모르고 동구 흉내를 내며 인사를 건넨다. 강아지 한 마리가 나의 생체나이도 거꾸로 돌려놓는 모양이다. 어떨 때는 뒤돌아서서 창피한 나머지 큭큭 웃을 때도 있다.

오늘의 다음 목적지는 정자다. 우리 아파트는 1989년에 지어진 아주아주아주 엄청 오래된 조상님 급 건축물이라 벤치나 정자가 많다. 그리고 약간 옛날 스타일이다. 네모나게 자리가 배치되어 있어 지친 발을 쉬게 해주고 마른 목을 축여줄 수 있는 최적의 장소! 그 주변에는 낮은 나무와 풀들이 많아 동구가 시간을 보내기도 딱이다.

동구를 키우지 않았다면 과연 내가 이 정자에 앉아 이렇게 한가하고 여유롭게 시간을 보내고 있을까 하는 생각이 든다. 풀내음과 나무냄새에 정신이 팔려 시간이 가는 줄 모르는 동구를 보다 보면 부럽기까지 하다. 책으로도 텔레비전으로도 노트북으로도 스마트폰으로도 심심함을 달랠 길 없어 이미 무감각해진 내게는 작은 것에 즐거워하는 동구가 경이롭게까지 느껴진다.

짧은 산책은 끝이 났다. 이제 집에 가면 찹찹찹 소리를 내며 물을 마시고 옆으로 뻗어 낮잠을 잘 거다. 동구도 나도. 이렇게 오늘도 닝겐과 반려견의 산책은 끝이 났다.

3월 어느 주말

둘 보다는 셋

정말 애석한 일이지만 우리 집에서 가장 많은 시간을 함께 보내는 나를 제치고 동구에게 제1순위 주인은 남편이다. 가장 에너지가 넘칠 때 우다다다를 받아주는 것도 나이고 커피 한잔이 생각나 나가고 싶을 때도 동구를 생각해 창살 없는 감옥에 남는 것도 나이며 그 많은 배변의 잔재(?)와 흔적을 치워주는 것도 나인데!!! 내심 서운한 마음을 감출 수 없다. (나는 속 좁은 엄마라고요…) 하지만 가만 보면 동구가 혹할 만한 이유가 분명히 있다.

우선 남편은 동구와 잘 놀아준다. 쓰다듬고 가끔 뽀뽀해주고 밥을 챙겨주는 등의 정적인 리액션이나 액션밖에 취하지 못하는 나와는 달리 남편은 다리 하나를 가지고도 동구와 레슬링하듯 과격하면서도 스릴 넘치게 시간을 보낸다. 그중에서도 장난감을 던

져 물어오게 하는 놀이는 둘이 가장 애용하는 레퍼토리인데 던지
는 척하면서 등 뒤로 숨기는 페이크 동작까지 더해지면 더할 나
위 없이 즐거운 동구의 플레이 타임이 완성된다. 나도 몇 번 시
도를 해보았지만 실패했다. 장난감을 던지는 척하면서 숨겼는데
동구는 당최 속지를 않는 것이다.

"이렇게 해봐 봐. 던지는 척하면서 머리 뒤로 떨어뜨려. 마술처
럼."

남편의 조언에 따라 기술을 연마한 뒤 도전해봤지만 동구의 반응은 영 시큰둥했다.

'그래, 놀아주는 건 아빠의 몫이라고 해두지 뭐.'

결국 쿨하게 포기했다. 나는 지금 내가 할 수 없는 것과 할 수 있는 것을 분별할 수 있는 지혜를 갖기 위해 노력 중이다.
그래도 동구에게 가장 많은 대화를 시도하고 이야기를 들려주는 건 나다. 언젠간 동구도 그걸 이해하고 가장 많은 시간을 보내주고 궂은일을 도맡아 하는 나를 제1주인으로 여겨주리라 믿어보지만 강아지 마음속의 주인의 서열은 바뀌지 않는다고 한다. (눈물이 또르르)

주말이 되면 종종 동구와 나 그리고 남편 이렇게 셋이서 산책을 간다. 이 시간을 동구와 나는 제일 좋아한다.

♥ **나의 입장**: 에너지가 넘치는 동구를 컨트롤할 수 있으며 동구의 대변 뒤처리도 나눠서 할 수 있음. 카페에서 커피를 한 잔 살 때도 남편에게 맡기고 여유롭게 계산할 수 있음. (평소에는 동구를 들쳐 업고 점퍼 주머니에서 지갑을 꺼내느라 진땀을 뺌. 게

다가 주머니가 매우 좁아 정교한 스킬과 남다른 노력이 필요함) 또한 남편과 손을 잡고 셋이 걸으면 가족 같다는 생각이 들어 기분이 묘하면서 뭔가 뿌듯함.

♥ **동구의 입장**: 닝겐 1과 닝겐 2와 함께 산책을 나가면 평소보다 오랜 시간을 바깥에서 보낼 수 있음. 제1주인은 역시 진리! 진리! 진리! 평소보다 개엄마가 짜증을 덜 냄. 신속하게 뒤처리를 해줌.

하지만 남편의 생각은 잘 모르겠다. 그에게는 어쩌면 귀찮은 일과 중에 하나일 수도 있을 거다. 평일에 새벽같이 나가 밤늦게 들어오는 그에게 주말은 유일하게 쉴 수 있는 시간이니까 말이다. 그래서 넌지시 물어본 적도 있다.

"힘들면 나랑 동구 둘이서만 나갔다가 올까?"
"아니야, 어차피 나갈 건데 이참에 같이 가면 좋지."

워낙 속내를 잘 보여주지 않는 남편이라 정말 좋아하는지 어쩐지 모르겠지만 동구와 함께 남편 손을 잡고 걸을 때면 더없이 큰 행복이 흘러나와 넘실거리는 것 같은 건 사실이다.

3월 어느 주말

Today : It's chilly outside

특이한 정육점. 한번은 고기를 사러
갔는데 사장님이 안 계셔서서 못 파신
다고 함. 결국 폐업한다는 플랜카드
(?)가 붙어서 마음이 좀 그랬음. ㅜ_ㅜ

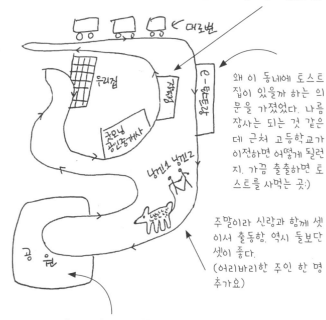

← 대로변

우리집

짱짱

e-토스트

엄마넹
공인중개사

냉깐1 냉깐2

공원

왜 이 동네에 토스트
집이 있을까 하는 의
문을 가졌었다. 나름
장사는 되는 것 같은
데 근처 고등학교가
이전하면 어떻게 될런
지. 가끔 출출하면 토
스트를 사먹는 곳:)

주말이라 신랑과 함께 셋
이서 출동함. 역시 둘보단
셋이 좋다.
(어리바리한 주인 한 명
추가요)

아주 가끔씩 가는 집 근처 공원. 공원이라기보
다는 할머니 할아버지 아저씨들의 사랑방 같
은 곳. 제법 규모가 커서 화단까지 따로 있다.
덕분에 자리잡고 실컷 쉬고 동구는 놀 수 있다.
꽃이 피는 계절에는 더 아름다울 듯.

셋의 산책길이 더욱더 즐거운 건 평소보다 더 많이 더 멀리 돌아다닐 수 있는 여유가 생기기 때문이다. 오늘은 집 근처 공원에 가보기로 했다. 길가에 있는 가게에 들러 토스트와 아이스라떼도 샀다. 아직 화단의 꽃들이 만개하지는 않았지만 공원에는 봄기운이 뿜어져 나오고 있었다. 인적이 드문 곳에 자리를 잡고 앉았다. 나무 밑둥치에 목줄을 살짝 길게 묶어 놓았더니 동구도 사람들에게 피해를 주지 않고 맘껏 돌아다닐 수 있었다. 이곳에서만 삼십여 분을 머물렀다. 비싼 음식도 분위기 좋은 레스토랑도 이러한 행복을 줄 수는 없을 것이다. 또한 셋 중에 하나만 빠져도 이런 느낌을 받을 수는 없을 거다.

셋이 산책을 나가면 평소에는 뛰어다니는 동구에게 끌려 다니느라 여유가 없어 그냥 지나쳤을 것들이 눈에 들어오기도 한다. 오늘은 집 근처 정육점이 곧 문을 닫는다는 걸 알게 되었다. 대로변에서 살짝 안쪽으로 들어간 가게라 자주 들르지 않아 그동안 몰랐던 일이다. 노인이 죽으면 도서관 하나가 없어지는 것과 같다는 말이 있는데 가게가 하나 없어지면 수많은 사람들의 추억이 없어지는 것 같아서 기분이 좀 그렇다.

산책을 하다 보면 종종 다른 개들을 만날 때가 있는데 날씨도 좋고 휴일이라 그런지 무려 세 명의 친구들을 만날 수 있었다.

♥ 개 1: 몸집이 동구보다 두세 배가 커서 나이가 제법 있는 줄 알았는데 6개월되었단다. 설명을 듣고 보니 이해가 갔다. 진돗개 믹스견이다. 자세히 보니 진돗개와 비슷하면서도 달라 보이는 썸 타는 강아지. 전체적인 느낌은 비슷한데 귀의 모양이나 다리의 길이가 달랐다. 아무튼 귀여움이 낭낭한 강아지였다.

♥ 개 2: 까만색 토이푸들. 같은 견종이라 반가워 다가섰는데 강아지가 앙칼졌다. 동구를 향해 계속 짖으며 피했다. 그럼에도 불구하고 친해지고 싶은 건지 이 녀석의 엉덩이 근처의 냄새를 맡으며 다가서는 동구. (개가 다른 개의 엉덩이 냄새를 맡으며 쫓아다니는 건 알고 싶다는 뜻이란다. 인간이라면 불꽃 싸다구를 맞을 수 있을 테지만 말이다) 알고 보니 작은 몸집에도 불구하고 세 살이나 먹은 선배님이었다.

♥ 개 3: 하얀 몰티즈. 순하게 생긴 데다가 앙증맞기까지 한 녀석. 눈빛을 보아하니 아가인 게 틀림없다. 알고 보니 6개월된 남아란다. 하지만 이미 중성화 수술까지 해서 수컷 두 녀석이 할 수 있는 건(?) 아무것도 없었다. 서로 인사만 설렁설렁하다가 헤어졌다.

참으로 이상한 일이다. 개를 키우지 않았을 때는 길 지나가는 강아지 주인에게 말을 걸어본 적이 없었다. 하지만 요즘에는 꼭 나이나 품종을 물어보고 소소한 대화를 나누기까지 한다. 만약 동구를 기르지 않았다면 전혀 관심도 두지 않았을 세계. 반려견을 만나 나의 인생의 둘레는 좀 더 넓어지게 되었다.

반려견의 주인 우선순위

강아지 마음속의 주인 순위가 바뀌는지 아닌지는 정말 알 방법이 없다. 처음 산책 일기를 쓸 때만 해도 고정 1위는 신랑이었고 그다음이 나였다. 그런데 지금은 또 달라졌다. 신랑이 일이 너무 바빠 거의 밤 열 시 넘게 귀가하는 일이 많아지니 자연스럽게 동구가 나를 더 찾게 되었고 그 후에는 할머니와 할아버지를 만나게 되면서 아예 상황이 역전되었다.

한 반려견 관련 프로그램을 보니 우선순위가 바뀔 수 있다는데 그러기 위해서는 좋은 기억을 더 많이 가질 수 있게 노력해야 하고 함께 시간을 많이 보내야 한다고 한다. 아무래도 쉽게 뒤집을 수는 없겠지만 지성이면 감천이라고 사랑하는 마음으로 정성을 다한다면 마음이 움직일 수도 있겠다 싶다.

4월 3일

중성화 수술 후 오랜만의 나들이

외출을 하기에 좋은 날씨는 아니었다. 하지만 우리 집 댕댕이가 애처로운 눈빛으로 나에게 온몸으로 어필하고 있었다.

"엄마, 나가고 싶어요."

얼마 전 동구에게 중성화 수술을 시켰다. 수컷은 수술시간이 10분에서 20분 내외로 매우 짧고 마취도 금방 풀려 부담이 적다고 했다. 하지만 나는 망설였다. 그 이유는 중성화 수술이 과연 누구를 위한 것일까 하는 생각에서였다.

중성화 수술의 이점
♥ 반려견의 마킹 행위가 줄어듦 (오줌을 싸서 영역 표시를 하는

것을 말함)

♥ 발정기가 와도 스트레스를 받거나 가출을 할 확률이 낮음

♥ 비교적 차분해짐

♥ 생식기에 질병이 생길 확률이 없어짐 (특히 암컷의 경우 자궁 관련 질병으로 인해 무지개다리를 건너는 경우가 많음)

물론 위 내용 중 세 가지는 아파트에서 반려견을 키우는 주인에게는 절대적으로 좋은 점이기는 하다. 말썽을 덜 부리게 되니까. 하지만 나는 동구에게 본능적인 행위(?)를 하는 것에 대한 권리를 박탈할 자격은 없다고 생각했다. 원한다면 장가를 보내줄 생각도 있었다. 또한 생길지도 모르는 질병이 두려워 미리 사전에 차단시켜 버리는 건 옳지 않다는 생각이 들었다. 그래서 망설였다. 흔히 하는 말로 땅콩 두 개만 없애면 되는 단순한 수술로 치부할 수만은 없었다. 그렇다고 해서 이미 중성화 수술을 시킨 견주분들을 비판하고자 하는 의도는 없다. 그저 강아지에게 너무 감정이입을 한 나의 탓이 클 뿐.

하지만 결국 중성화 수술을 시키기로 결정했다. 오랜 고민 끝에, 행복하게 살기 위해 둘에게 모두 필요하다는 생각이 들었기 때문이었다. 그리고 열심히 알아보기 시작했다.

'어떤 병원이 좋나요?'

큰 수술은 아니지만 믿을 만한 곳에서 하고 싶었다. 다행히 열심히 알아본 끝에 멀지 않은 곳에서 예약을 하고 수술을 시킬 수 있었다.

하지만 복병은 다른 곳에 있었다. 생각보다 쉬운 수술이라고 했지만 문제는 일주일가량 넥카라를 쓰고 지내야 했다. 게다가 환부가 감염될 수 있어 수술 당일과 다음날은 외출하지 않는 게 좋다고 했다. 수술 전후로 쫄쫄 굶은 동구는 당분간 산책도 할 수 없게 될 터였다. 그게 참 안쓰러웠다. 그래서 생각보다 일찍 산책을 시켜주기로 했다. 날씨가 어떻든 간에.

3일 만에 바깥세상을 본 동구는 그야말로 신이 났다. 이리 뛰고 저리 뛰고 달리고 점프하고 한마디로 개판이었다. (좋은 뜻에서) 이 모습을 한번이라도 본 주인이라면 산책을 자주 시켜주지 않을 수 없다. 귀를 팔랑거리며 토끼처럼 뛰는 모습이 귀엽고 사랑스러운 데다가 행복해 한다는 걸 느낄 수 있으니까 말이다.

3월을 지나 4월이 되니 세상은 한 차례 더 모습을 바꿨다. 동구를 뒤따라 걷다가 꽃이 핀 걸 발견했다. 노오란 개나리부터 보라

4월 3일
Today ; It's spring time

바닥이 흙이었으면 더 좋았을 텐데… 물렁물렁한 블럭으로 되어 있어 푹신하고 안전하지만 흙냄새가 그리워…

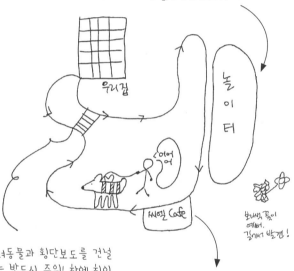

우리집

놀이터

^어어
^어어

씨밀 Cafe

보라색 꽃이 예뻐. 길에서 발견!

반려동물과 횡단보도를 건널 때는 반드시 주의! 차에 치이는 불상사를 막으려면 차가 다 지나간 후 주위를 잘 살피며 가기. 혹은 안아서 안전하게.

자주 가는 카페. 1주일에 네다섯 번은 찾는 곳! 기본전환 겸새 메뉴에 도오전:) 딸기컵케이크에 아이스 아메리카노까지! 물론 동구를 한 손으로 붙잡고 다른 손으로 음식물을 든다는 게 쉽지 않았지만.

색 이름 모를 풀꽃까지. 그 어떤 자연도 강아지와 잘 어울리지만 그중에 제일은 꽃인 것 같다. 그 조합이 매우 오묘하면서도 귀엽다. 그래서 '꽃개'라는 표현을 쓰나 보다.

동구를 키우지 않았다면 함께 산책을 나오지 않았다면 과연 내가 길가에 핀 꽃을 가만히 바라볼 여유를 가질 수 있었을까? 아니, 봄이 왔다는 걸 이렇게 확연하게 알아챌 수 있었을까? 어쩌면 강아지를 키운다는 건 세상의 작은 사물에도 관심을 기울이게 된다는 걸 의미하는지도 모른다.

개를 키우면 산책은 필수다. 성가시거나 귀찮을 수 있다. 나도 그랬다. 퇴근 후 녹초가 된 몸으로 집에 왔는데 산책을 가자고 달려드는 모습을 보면 미안하면서도 안타까우면서도 머리가 띵하게 아프다. 외로움 때문에 강아지를 입양한 바쁜 견주라면 반대로 그 때문에 괴로워질 수 있다. 그러나 거꾸로 생각해보면 하루 종일 주인을 기다리는 강아지에게 산책은 세상과 연결되는 유일한 시간이다. 그러니 꼭 산책을 해야 한다면 개도 사람도 모두 즐거울 수 있는 방법을 찾아야 한다.

이상적인 산책은 개가 원하는 곳에서 충분한 시간을 보낼 수 있게 기다려주고 묵묵히 따라주는 것이지만 나 역시도 즐거울 수 있게 타협점을 찾는 게 필요하다고 생각한다. 그래서 나는 산책 코스에 늘 내가 들르는 카페를 포함시킨다. 천천히 옆에서 걸어 주면 좋겠지만 줄을 팽팽하게 잡아당기며 이리 뛰고 저리 뛰는 동구 때문에 에너지가 바닥날 무렵에 커피 한 잔을 (때로는 디저트까지) 테이크 아웃하면 다시 에너지가 샘솟으면서 다음 날 이 시간을 기다리게 된다.

오늘은 날씨가 좋아 새로 나온 디저트를 주문했다. 봄이라는 계절에 걸맞는 딸기 컵케이크. 시원한 아메리카노에 달달한 케이크를 한 입 떠먹을 생각하니 기분이 절로 좋아졌다. 이건 나를 위한 산책이기도 하다는 생각이 들 정도로.

4월 11일

꽃내음 킁킁 맡으며 뛰놀기

이제 완연한 봄이다. 날씨가 포근하다 못해 겉옷까지 벗게 만드는 걸 보니. 그간 동구와 산책을 나가는 나의 복장은 이랬다.

> 안감 충전재인 오리털이 숭숭 빠져나오는 빨간 점퍼 or 보라색 패딩에 두꺼운 목도리 그리고 레깅스 치마

급격히 올라간 온도 덕분에 지금의 나의 복장은 이렇다.

> 초록색 후리스에 검정 트레이닝복 그리고 미세먼지를 막아준 다는 마스크

한결 가벼워진 옷차림 덕분에 움직이기도 편해져 좋았다. 겨우

내 패딩에 꿀벌옷까지 입어야 했던 동구도 이제 모든 걸 훌훌 벗어던지고 시원하게 뛰어놀 수 있게 되었다.

하지만, 날씨가 변하고 계절이 바뀌어도 항상 지녀야 하는 두 가지! 그것은 바로 동구와 나를 연결해주는 산책용 목줄 그리고 똥을 처리할 수 있는 봉지. 언젠가부터 동구는 산책을 나가면 꼭 큰일을 보려고 하는데 알고 보니 반려동물은 실외 배변을 좋아한단다. 좀 더 자연스럽고 시원한 느낌이라 그게 기분에까지 영향을 미친다고 한다. 그 덕에 갓 배출된 따끈따끈한 향기 짙은 똥을 처리하는 건 내 몫이 되었다. 아무럼 어떠냐 하는 마음으로 기꺼이 그 일을 맡고 있지만 처음에는 그게 참 어색했다.

3n을 살아오면서 아니, 분별력 있는 성인으로 생활하며 똥이란 것에 대해 생각할 일이 1도 없었는데 이제는 그걸 자세히 들여다보며 건강 상태를 체크하고 기꺼이 집어서 치우는 일까지 도맡게 되었으니 말이다. 하지만 지금은 아주 능숙하다. 배변용 봉투나 집게가 있으면 좋겠지만 그런 걸 주섬주섬 다 챙겨서 나가는 게 귀찮기도 하고 마뜩잖아하는 나는 까만색 비닐봉지만 챙긴다. 이걸 뒷면으로 뒤집어 형태가 뭉그러지지 않게 재빨리 집는 게 나의 노하우. 약간 비위 상하거나 더러운 이야기일 수는 있으나 김까지 모락모락 나는 황금색 혹은 오묘한 황토색의 대변을

보고 있으면 뭔지 모르게 귀엽다는 생각이 든다. 어쨌거나 생리현상은 인간에게나 동물에게나 중요한 것임에 틀림없다.

지난번 산책 때 동구 덕분에 잡초 사이로 난 보라색 꽃을 발견할 수 있었다. 겨우 한 주 지났을 뿐인데 그 사이에 꽃들이 늘었다. 길어진 목줄 때문에 작은 언덕 안쪽까지 들어갈 수 있었던 동구가 나를 잡아당겨 따라 들어갔다가 의도치 않게 꽃동산을 발견했다. 두 종류의 보라색 꽃과 민들레 그리고 홀씨까지. 풀꽃의 냄새를 맡으며 즐겁게 뛰어노는 동구를 핑계 삼아 한쪽에 자리를 잡았다. 미세먼지 상태가 보통이라는 걸 확인한 나는 실컷 바람을 느끼고 공기를 들이마시며 신선놀음하듯 시간을 보냈다. 한쪽에서는 조그마한 텃밭을 일구어 파를 기르는 할아버지가 계셨는데 동구가 폐를 끼치는 일이 없도록 끈을 조금 짧게 조정했다. 그것 말고는 완벽한 평일 오후이자 우리의 산책 그리고 나의 휴식시간이 되었다. 민들레 홀씨를 홀홀 불면서 놀던 나의 어린 시절. 소꿉장난한다며 놀이터의 흙을 조악한 그릇에 담아 놀던 모습. 친구들과 꽃을 꺾어 반지를 만들고 풀을 뽑아 왕관을 만들어 쓰던 추억. 그 모든 것들을 오래간만에 떠올릴 수 있는 시간과 기회가 되었다.

오늘의 산책코스는 C-1 정도 될 것이다. 그간 자주 가던 곳을 살짝 비켜났지만 그래도 낯설지만은 않다. 오늘은 버스정류장에 들렀는데 거기에 나이가 지긋하신 한 아주머니가 서 계셨다.

"어머나, 순하네. 반가워서 그러지?"

사람을 너무 좋아하는 동구가 약간 격하게 달려드는데도 귀여워해 주시더니 가까이 다가서 하이파이브를 해주는 아주머니. 그 모습을 보고 강아지를 키우실 거라고 예상했는데 얼마 전까지 요크셔테리어를 길렀다고 하셨다.

"12년을 키웠지. 가족이나 마찬가지였어. 그런데 암컷이다 보니 자궁 쪽에 병이 생겨서 죽었어. 화장시키면서 얼마나 울었는지 몰라. 한동안은 자꾸만 모습이 아른거려서 혼났어. 지금도 생각하면 마음이 아파. 주위에서는 또 다른 강아지를 데려다 키우라고 하는데 내가 살 날이 얼마나 남았는지를 모르니. 강아지보다 오래 살 수 없을 것 같아서 안 될 것 같아."

그 말을 듣고 있자니 마음이 먹먹해졌다. 말로만 듣던 '펫로스'(반려동물을 잃은 뒤 느끼는 주인들의 후유증)였다. 사실 동구를 키우기 전에는 몰랐다. 개는 개일 뿐이라고 생각했다. 하지만 365일을 같은 공간에서 살을 부대끼고 살다 보면 정서적으로 거리를 둔다는 게 불가능하다. 나도 처음에는 동구를 그저 반려견이라고만 생각했는데 잠이 안 오는 날이면 동구를 느슨하게 안고 거실을 뱅글뱅글 돌기 시작했다. 어느새 동구는 내 마음속으로 혹 하고 들어왔고 그 후로는 나의 완전한 가족이 되었다.

"북어를 사다가 아침저녁으로 조금씩 떼서 주면 얼마나 좋아했는데. 강아지도 자기를 좋아해주는지 아닌지를 대번에 알아. 얼마나 똑똑하다고. 야단치면 이불에다가 오줌을 싸는데 그거 절대 실수가 아니야. 귀엽게 복수하는 거지."

동구가 아니었다면 눈인사도 건네지 않고 지나쳤을 완벽한 타인인 낯선 사람과 이야기를 나누고 마음을 나눌 수 있게 되었다. 덕분에 유용한 팁도 얻었고 말이다.

난 커피를 자주 마신다. 많이 마신다. 날씨가 흐리면 한 잔. 비가 오면 한 잔. 기분이 안 좋아서 한 잔. 피곤해도 한 잔. 축하할 일이 있을 때 역시 한 잔. 어떤 이유를 대서라도 카페를 지나치지 않는다. 그러니 오늘 역시 단골집을 피할 수 없지. 오늘의 핑계는 날씨가 좋아서다. 후리스를 벗고 싶을 정도의 따스한 날씨 덕분에 시원한 아이스 아메리카노를 시켜보기로 했다.

4월 11일

Today ; It's windy

끈을 길게 해줬더니 동구가
언덕 안으로 들어가버림.
따라가보니 갖가지 꽃들이
만개해 있어 아름다웠다.
덕분에 근처에 앉아 시간을
보내고 동구도 꽃내음 맡으며
뛰어놀 수 있었음.

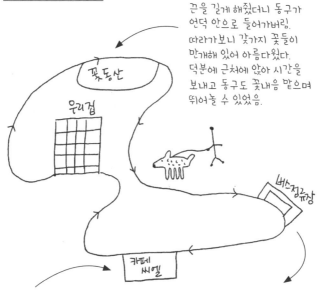

꽃동산

우리집

버스정류장

카페
씨엘

오늘은 날씨가 좋아 시원한
아.아.메(아이스 아메리카노).
카페 아주머니가 동구 안부를
물길래 밖에 있다고 하니
직접 나가셔서 멀리 있는
동구를 보고 들어가셨음.
사.랑. 받.는. 동구!

버스를 기다리다 나이가 지긋하신
아주머니를 만났다.
"아이쿠, 반가워서?" 달겨드는
동구에게 하이파이브도 해주시고
귀여워 해주시더니 자신도
요크셔테리어를 12년 동안 기르셨다고
했다. 그런데 자궁질환으로 무지개다리
를 건넜다고. 한동안은 눈에 밟혀
많이 힘들었고 다시는 못 키울 것
같다고 하시는데 마음이 짠해졌다.
Pet loss 증후군…

"동구는 오늘 안 데리고 나왔어요?"

산책을 함께 나온 이가 있어 밖에서 기다리고 있다고 하자 아주머니는 동구를 보고 오겠다며 카운터 문을 열고 나오셨다. 그런데 아뿔싸, 동구가 반대편 도로까지 가 있었다. 가만히 있질 못해 우리 엄마가 끈을 잡고 건너간 것이었다.

"동구 이렇게 보니까 많이 컸네요. 본 지 3개월 되었는데 그사이에 많이 자랐어요."

매일 붙어있다 보니 동구가 크고 있다는 걸 잊곤 하는데 이런 이야기를 들으면 조금 더 컸나 보다 하는 생각에 다시 보게 된다. 이제 태어난 지 8개월을 지나 9개월에 접어들고 있는 통통하지만 건강한 동구. 어쨌든 사랑을 받고 있구나 하는 생각에 오늘도 안심이 된다.

4월 16일

하네스를 하자!

꽃이 지고 있다. 올해로 딱 10년째 벚꽃 구경을 제대로 하지 못했다. 사람들은 왜 그렇게 붐비는 꽃놀이를 가려고 하냐고 하지만 나는 그냥 물 반 고기 반처럼 꽃 반 사람 반인 그곳에 가보는 게 로망이었다. 그런데 언젠가부터 계절의 흐름이 급속도로 달라지면서 겨울에서 봄까지의 기다림은 길어졌는데 봄에서 여름까지의 기다림은 몹시! 아주 모옵시! 짧아졌다는 게 문제였다. 이러니저러니 주절주절 있는 척 적어놨지만 결국 꽃은 늦게 피고 금방 진다는 이야기다…. (눈물이 또르르) 창밖의 'cherry blossom'을 내려다보며 스케줄을 조정하고 있는데 그사이 비가 내리고 바람이 몰아쳤다. 그리고 마지막 잎새처럼 나의 희망을 대변하던 벚꽃도 져버렸다. 아니, 거의 다 져간다. 이번에는 아쉬움이 더 컸는데 그 이유는 댕댕이를 키우고 난 뒤 처음으로 맞이하는 벚꽃축제에 함께 가려고 했기 때문이다.

"담주에 동구 데리고 대공원에 가자. 이번 주는 좀 힘들 것 같
아."

이렇게 신랑에게 말을 한 나 자신을 정말 때려주고 싶다. 그 한
주를 못 참아서 져버린 꽃들이 참 밉다. 그래도 다행인 건 아직
남은 꽃들이 바람에 날려 비처럼 내린다는 것이다. 이제 태어난
지 8개월이 막 지난 동구에게는 그 모습이 참 신기했을 거다. 먹
는 건 줄 아는지 혀를 날름날름 내밀며 꽃을 받아먹으려고 한다.
그 모습이 귀여우면서도 못내 미안했다.

벚꽃은 졌지만 다행히 다른 꽃들이 피어났다. 오늘은 동구를 데
리고 돌아다니다 못 봤던 꽃을 발견했다. 눈에 띄지는 않지만 다
소곳하게 핀 게 나름 매력이 있었다. 정작 동구는 풀숲에 떨어진
과자 부스러기에 정신이 팔려 있었지만 말이다. 나는 그 모습을
사진으로 남겨 놓았다. 아쉬움과 안도감도 함께. 등 뒤의 문이
닫히면 앞의 문이 열린다는 말처럼 벚꽃은 졌지만 다른 꽃들이
이제 피어나기 시작했다.

개를 키우지 않았을 때는 하지 못했을 경험들을 견주가 되면 저

절로 하게 된다. 그중에는 기분 좋고 경이로운 것들도 있지만 기분 좋지 않고 화딱지가 나는 것들도 있다. 불행히도 오늘은 불쾌하고 짜증 나는 일을 겪었다. 집에서 나와 평소처럼 걸어가는데 사람들이 잔뜩 몰려 있는 걸 발견했다.

'무슨 행사 하나? 누구 있나?'

사실 요즘은 연예인을 봐도 잘 모르고 세상엔 공짜가 없다는 걸 잘 알아서 잿밥에도 크게 관심이 없지만 무슨 일인가 싶었다. 그래서 요리조리 고개를 내밀고 몇 분간 지켜봤는데 도통 모르겠어서 그냥 쿨하게 내 갈 길 동구 갈 길을 가기로 하는데 문제는 보도블록을 점령한 사람들이 도무지 비켜주지 않는 거다. 게다가 내 손에는 물건이 들려 있어 어떻게 할 수 없는 상황이었는데 어떤 할머니 한 분이 아이를 데리고 지나가며 나에게 인상을 찌푸리며 "목줄 좀 짧게 하고 다녀!" 라고 소리를 치는 게 아닌가. 그 순간, 나는 당황한 나머지 할 말을 잃어버렸다. 할머니의 말이 머릿속에서 계속 리플레이되었다. 처음에는 무슨 슬픔의 5단계 과정처럼 황당함 - 어리둥절함 - 분노 - 짜증 - 초연함의 순서로 감정이 바뀌는 게 느껴지더니 이내 상황 파악이 되었다.

아마도 그 할머니는 (진짜 할머니가 아니라 누군가에게 할머니)

어린 손주를 데리고 가니 그 어떤 상황에서도 아이를 보호해야 한다는 마음이 앞섰을 것이다. 하지만 동구가 목줄을 길게 한 것도 아니고 마운팅을 한 것도 아니고 이빨을 드러내고 짖은 것도 아니고 심지어 내가 그 상황을 방임하고만 있었던 것도 아니기에 못내 억울함과 화가 가시지 않았다.

누가 그랬다. 강아지를 데리고 산책을 나가면 내가 모르는 사람에게 어떻게 보이는지를 알 수 있다고. 소형견을 데리고 다니는 여자인 경우에는 훈계나 욕을 먹는 경우가 많다고 했는데 그게 만만해 보여서라고까지는 생각하지 않겠다. 그래도 오늘 내가 겪은 일이 그것의 연장선상인 것 같다는 생각이 들긴 했다. 내가 만약 험상궂은 인상의 건장한 체격의 소유자였다면 아무것도 벌어지지 않은 상황에서 저렇게 반말로 소리치지는 않았을 것 같다는 생각이 들긴 하지만 그냥 잊어버리기로 했다.

아무튼 초보 견주로서 더 조심해야 할 부분도 있다고 생각하고 짧게 했던 목줄에도 불구하고 동구를 안아 들고 자리를 떴다. 앞으로 아파트 단지 밖 인도를 다닐 때는 목줄을 좀 더 짧게 해줄 생각이다.

인생은 자루 속에 든 공과 같아서 검은 공이 나오면 흰 공도 따라

4월 16일

Today : It's crowded

소요시간 : 1시간 30분

이 날 무슨 행사가 있었는지
사람들 한 무리가 도로를 점거.
조심히 지나간다고 했는데
모르는 할머니가 개 목줄 짧게 하
라고 반말로 소리지르시는
바람에 기분이 무척 상함.

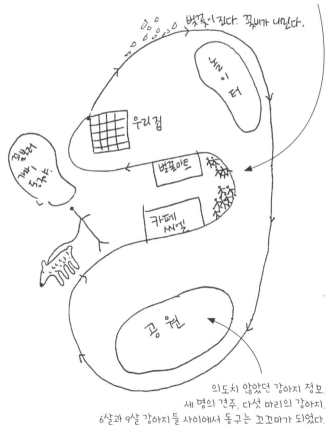

벚꽃이 진다. 꽃비가 내린다.

쉼터

우리집

벚꽃아트

카페 쎄실

공원

의도치 않았던 강아지 정모.
세 명의 견주, 다섯 마리의 강아지.
6살과 9살 강아지들 사이에서 동구는 꼬꼬마가 되었다.

나온다고 했다. 안 좋았던 일이 벌어지고 난 뒤 마음을 추스르고 근처 공원에 가기로 했다. 주말에 신랑과 함께 동구를 데리고 종종 산책하는 곳인데 작지만 놀 공간도 마련되어 있고 꽃과 풀도 있어서 기분 내기에 그만이다. 그런데 놀이터가 가까워오니 개들이 옹기종기 모여 있는 게 보였다. 한두 마리가 아니다. 내가 본 아이들의 모습은 이렇다.

• 개 1 - 약간 절룩대며 걷는 하얀색 몰티즈
• 개 2 - 시츄를 닮은 아이
• 개 3 - 포메라니안의 정석처럼 생긴 예쁜 아이
• 개 4 - 몰티즈인 듯한 쪼그마한 강아지

다가가 보니 아주머니 두 분이 이야기를 나누고 계셨다.

"안녕하세요?"

개를 키우면 붙임성이 좋아야 한다. 모르는 사람과 이야기를 나눌 기회가 많으니까.

"아, 강아지 몇 살이에요?"
"이제 9개월 돼가요."

이런저런 이야기를 나누다 보니 세 마리의 강아지는 아주머니 1
이, 나머지 한 마리는 아주머니 2가 데리고 오신 거였다. 원래 친
분이 있는 사이는 아니고 이날 우연히 공원에 산책을 나왔다가
만났다고 하셨다. 몸집이 자그마해서 개린이인 줄 알았는데 6살
과 9살로 어르신이었다. 나는 이 강아지들에게 반갑다고 좇아다
니는 동구에게 어르신에게 예의를 갖추라고 몇 번이나 타일렀지
만 친해지고 싶은지 꼬리 쪽으로 다가가 냄새를 맡더니 신나서
달리기 시작했다. 그중 한 마리는 걸음이 불편해 보였는데 알고
보니 유기견이었단다. 인터넷에 올라온 글을 보고 데려오셨다
고. 딱 보기에도 아이들에게 간식을 나눠주는 모습이 베테랑 개
엄마 같았다. 동구도 먹고 싶었는지 애교를 부리며 어슬렁거리
다 하나 얻어먹고는 신이 났다.

"백내장도 있고 생식기 쪽도 부어 있고 안쓰럽더라고요. 그래도
산책도 좋아하고 참 착해요."

사실 강아지를 기르다 보면 힘든 점도 많다. SNS 상에는 귀여운
사진들만 쭉 올리지만 만만치 않게 사고를 치기도 하고 품도 많
이 든다. 하지만 그만큼 사랑을 주는 생명체이다. 개를 기르면서
깨달은 것은 그 어떤 생명체건 돌본다는 것 기른다는 것에는 만
만치 않은 에너지와 관심이 필요하다는 점이다.

이날 대선배 격인 개엄마 두 분을 만나 도움이 되는 이야기를 많이 들었다. 특히 동구가 하고 다니는 목줄은 하네스(목줄을 몸통에 고정하는 형태)로 바꾸는 게 좋을 것 같다고 했다. 에너지가 넘쳐 활동반경이 넓다 보니 과도한 힘이 목에 실려 다치거나 무리가 갈 수 있기 때문이다. 물론 하네스가 별로 좋지 않다는 의견도 있다. 하지만 목에다가 고정을 하니 목걸이가 돌아갈 때마다 줄이 동구 발에 걸려 불편해 어쨌든 바꿔주는 게 좋을 것 같다. 동구에게도 나에게도 즐거운 산책을 위해서 말이다.

목줄과 하네쓰

목줄을 하는 것보다 하네스를 착용하는 게 목에 부담이 덜 가 좋다고 한다. 하지만 동구의 경우에는 몸에 뭔가를 차는 걸 싫어한다. 이럴 경우 시간을 가지고 천천히 적응할 수 있게 해주면 좋다고는 하는데 나름 열심히 시도해봤음에도 불구하고 아직도 우리 반려견은 하네스를 선호하지 않는다. 그래서 마구 뛰지만 않으면 큰 무리까지는 갈 것 같지 않아 여전히 목줄을 한다. 가장 이상적인 방법은 하네스를 하는 것이겠지만 상황이나 성향에 따라 조절하거나 타협점을 찾는 것도 나쁘지는 않다고 생각한다. 다만 좋은 쪽으로 나아지려고 노력은 해야겠지만 말이다.

4월 25일

3대가 함께 대공원 나들이

아기다리고기다리던 (의도적인 오타. 80년대 생이라면 내가 의
도한 게 무엇인지 알 터. 모른다면 당신은 아직 젊다) 동구와의
공원 산책 날이다. 그동안은 동네만 슬슬 데리고 다녔는데 날씨
도 좋아졌고 개엄마의 컨디션도 점점 좋아지고 있는 터라 과감
하게 산책 겸 피크닉을 다녀오기로 결정했다. 그것도 아주 갑작
스레 지금 바로 30분 전에. 하지만 모로 가든 서울로만 가면 된
다고 하지 않았는가? 우리는 그 옛말을 받들어 인천대공원에 가
기로 했다. 실은 인천대공원을 맘먹고 갔다고 이야기하면 나를
게으르다고 생각할지도 모른다. 집에서 지하철로 딱 한 정거장,
버스로는 15분, 택시로는 10분이면 가는 거리니까. 하지만 날씨
가 좋지 않은 날 신난다고 쏘다니다가는 보통 사람은 절대 생기
지 않을 호흡기 질환을 얻게 될 게 뻔했다. (나는 목이 좋지 않은

편이다. 후두염에 성대결절도 두 번이나 걸리고 아주 고생을 진
탕했다) 아무튼, 구구절절한 변명은 뒤로하고 우리는 떠났다.

평소보다 신경 써야 할 것들 투성이인 개린이와 개엄마의 대공
원 나들이는 당연히! 도우미가 필요했다. 그래서 그 어떤 찬스보
다 위대하다는 엄마찬스를 쓰기로 했다. 그리하여 오늘의 조합
은 이렇다.

개엄마+개할멈+개린이

각자 캐릭터를 좀 설명하자면 다음과 같다.

♥ **개엄마**: 초보 견주로서 아직 서투른데 성질은 몹시 급하다. 푸
들 동구를 무척이나 사랑하면서도 미워하기도 하는 아주 양면
적인 인물. 고로, 아주 지극히 일반적인 사람 되겠다. 아니 아
니, 하나 더. 커피귀신. 늘 후리스를 입고 다니며 한쪽 주머니에
는 동구의 배변봉투를 다른 쪽 주머니에는 지갑과 스마트폰을
휴대하며 한 손에는 목줄을 다른 한 손에는 아이스 아메리카노
를 들고 다닌다.

♥ **개할멈**: 개를 길러본 경험 전무. 어릴 때 집에 있던 강아지 한

마리를 멀찍이서 지켜본 적만 있음. 평소 개를 무서워하지만 동구와는 많이 친해짐. 그 어떤 종류의 생명체와도 말이 통하는 넓은 마음과 태평양과 같은 이해심의 소유자. 단점, 외국인에게도 한국말로 소통함. 오늘은 개엄마의 오른팔 역할을 해줄 것임.

♥ **개린이**: 미니어처 푸들로 구수하기 짝이 없는 '동구' 라는 이름을 가지고 있다. 이제 9개월 차에 접어든 개린이. 하지만 곧 개어른이 될 강아지. 무척 활발하고 그 어떤 생명체보다 에너지가 넘침. 배변은 용케 가리나 혼자 두면 일부러 실수를 함. (미안하다, 내 탓이다. 널 두고 나가서) 우다다다를 즐겨 하며 간식에 대한 식탐이 무척 강함. 애교는 별로 없으나 사람을 잘 따라서 처음 본 사람도 주인처럼 따르고 섬긴다. 심지어 따라가버림. 집이 대충 어디쯤인지는 알지만 자꾸만 다른 라인의 출입구로 들어가는 실수를 저지르고는 함.

개를 데리고 어딘가를 갈 때는 제약이 많이 따른다. 평소 같았으면 당연히 제일 싸고 편리한 버스나 지하철을 이용할 텐데 강아지를 데리고는 힘들다. 대중교통을 이용할 시에는 주로 이동가방이나 이동장에 넣어 가는데 문제는 동구가 몸무게가 많이 늘었다는 점이다. 5kg을 훌쩍 넘어버려 이동장에 넣고 들고 갔다가는 팔이 떨어져 나가는 아픔을 맛볼 수 있다. 그보다 더 심각한 건 엘리베이터 앞까지는 어찌어찌해서 가더라도 포기하고 돌아올 수밖에 없다는 점이다. 천만다행으로 대중교통을 이용했다 하더라도 짖거나 헥헥거려 주변 사람들이 불편해할까 봐 (동구는 거의 짖지 않는다. 그래도 혹시 모르니까) 늘 포기하고야 만다. 그래서 동구와 이동할 때는 어쩔 수 없이 택시를 탈 수밖에 없다. 돈도 돈이지만 그마저도 개를 싫어하는 기사님이 있어 쉽지만은 않다. 병원을 가거나 미용을 가야 할 때는 늘 남편이 출근하지 않는 주말을 이용한다. 손님이 몰리는 시간이라 많이 기다려야 하고 혼잡해도 그게 눈치 보지 않을 수 있는 유일한 방법이다. 아직까지는.

오늘은 개할멈이 앞에 타고 개엄마가 개린이를 데리고 뒤에 탔다. 갈 때는 3400원, 올 때는 3500원의 요금이 나왔다. 이 정도면 세 명의 교통비로는 나쁘지 않다. (세 명 아니라 두 명인데 자꾸 셋으로 계산하게 된다)

날씨가 좋아 길이 막힐 거라고 생각했는데 평일에 대공원 나들이를 나선 사람은 비교적 한가한 우리밖에 없나 보다. 덕분에 전광석화의 속도로 도착하여 입장에 성공!

동구가 알 리 만무하지만 나에게 인천대공원은 아주 특별한 곳이다. 힘들 때마다 찾았던 곳으로, 마음이 한없이 울적해지고 세상에 나 하나밖에 없는 것 같다는 외로움이 밀려오면 버스를 잡아타고 이곳으로 오곤 했다. 호수 앞 벤치에 앉아 오지 않는 메시지와 전화를 기다리며 먼 산과 하늘을 바라봤었다. 그런데 오늘은 함께다. 불과 2년 사이에 벌어진 기적적인 일이다. 그것만으로도 충분했다.

호수는 여전히 넓고 아름다웠다. 물 위에 떠다니는 청둥오리를 바라보는 사람들. 그 주위로 만들어진 산책로. 그리고 바닥에 깔려있는 멍석까지. 이런 풍경을 보고도 마음이 편안해지지 않을 수 있을까? 비단 사람만 그런 게 아니라 동구도 그런가 보다. 평소 아스팔트를 걷다가도 흙냄새만 나면 쪼르르 달려가던 녀석이 이제는 사방에서 불어오는 꽃내음과 풀내음 때문에 제법 여유 있게 걷는다. 갑자기 훅 하고 밀려오는 향기와 소리에 동구의 감각은 그 어느 때보다 넓게 활짝 열렸다.

너무나도 좋아하는 동구 때문에 조금만 걷겠다는 우리의 다짐은 무색해졌다. 인천대공원의 정문부터 후문까지 쭉 돌고도 그 주변 주택가도 거닐었다.

4월 25일

Today ; It's cloudy but ok

준비물 ; 배변봉투, 약간의 간식, 그리고 넉넉한 체력

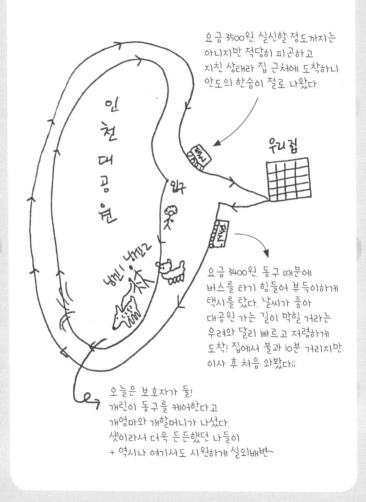

요금 3500원. 실신할 정도까지는
아니지만 적당히 피곤하고
지친 상태라 집 근처에 도착하니
안도의 한숨이 절로 나왔다.

우리집

인천대공원

요금 3400원. 동구 때문에
버스를 타기 힘들어 부득이하게
택시를 탔다. 날씨가 좋아
대공원 가는 길이 막힐 거라는
우려와 달리 빠르고 저렴하게
도착! 집에서 불과 10분 거리지만
이사 후 처음 와봤다;;

오늘은 보호자가 둘!
개린이 동구를 케어한다고
개엄마와 개할머니가 나섰다.
셋이라서 더욱 든든했던 나들이
+ 역시나 여기서도 시원하게 실외배변~

'이렇게 나오는 일이 흔하지 않지. 암, 그렇고말고.'

그런 마음으로 걷고 또 걷고 또 걸었다.

오늘 역시 길 위에서 많은 강아지 친구들을 만났다. 그중에서도 비슷한 나이 또래의 비숑프리제를 처음 보았다. 역시나! 8개월 정도 되었다고 했다. (내가 들은 게 정확하다면…. 요새는 기억력이 가물가물하다) 동구와는 정반대 스타일의 개린이도 주인에게는 사랑스러우면서도 가끔은 힘든(?) 그런 존재이지 않을까 싶었다.

요사이 가만 보니 동구가 다른 개들을 만날 때 보이는 행동 패턴이 정착된 것 같다. 처음에는 어찌할지 몰라 왕왕 짖기도 하고 무작정 달려들거나 반대로 숨기도 했었는데 요즘에는 멀리서 보다가 천천히 접근하여 입을 맞추고 (뽀뽀를 한다기보다 코를 맞대는 느낌) 빙글 돌면서 간을 보다가 엉덩이쪽 냄새를 맡고 왔다 갔다 하며 논다.

오늘의 산책은 평소보다 모옵시 길어졌다. 오가는 시간과 여유롭게 노닥거린 시간까지 포함해 두 시간 반이 걸렸다. 집에 오자마자 뻗어버린 개엄마. 뻗어버렸을 게 분명한 개할멈. 뻗어서 정신을 못 차리는 개린이. 우리 셋은 3대가 똑같이 널브러진 모습으로 오늘 하루를 마무리했다. 다음에 또 갈 건데 엄두가 안 난다는 것만 빼면 성공적인 나들이였다.

4월 어느 날

나를 끄집어내준 존재, 동구

내가 세상에서 제일 싫어하는 게 하나 있다. (사실 꽤 까다로운
성격이라 리스트로 정리하면 길겠지만 그중에서도 탑 오브 탑은
이거 하나다) 그건 바로 '슬럼프.' 언젠가부터 가을에서 겨울로
넘어가는 시기에 슬금슬금 찾아와 내 방 한 켠을 차지하던 녀석
은 그새 적응이 된 건지 뻔뻔해진 건지 겨우내 머물더니 이제는
겨울에서 봄으로 넘어가는 시기에 사라졌다가 갑자기 찾아온다.
원인과 이유는 알 수 없다. 세상에 쓸모없는 경험은 없다지만 모
든 의욕을 상실하고 축 늘어진 젖은 휴지처럼 만드는 이 녀석이
정말 싫다. 그럼에도 불구하고 올해도 어김없이 나를 찾아왔다.
이러쿵저러쿵 줄줄 써놨지만 결국 지난 3주 가량은 슬럼프 때문
에 고생했다는 이야기다.

사실 원인은 알 것 같다. 그도 그럴 것이 나의 직업상 비수기는 모든 사람들이 놀러가고 싶어 한다는 7~8월과 1~2월이다 보니 그 기간에는 혼자 보내는 시간이 많아지는데 그걸 참지 못하고 일을 죄다 벌여놓은 상태로 밖으로 나가고 싶어서 또 다른 일을 시작해버렸다. 그래서 2월과 3월에는 과부하가 걸렸고 한숨 돌릴 무렵 그간 무리했던 게 뻥하고 터져버린 거다. 그러더니 4월이 시작되자마자 나의 몸과 마음은 더 이상 가눌 수 없는 지경이 되어버렸다. 증상은 이렇다.

♥ 출근하지 않는 날은 밖에 나가기 싫다.
♥ 출근하고 돌아오면 손가락 하나 까딱하기 싫다.
♥ 혼자 있고 싶고
♥ 둘이 있어도 혼자 있고 싶고
♥ 여럿이 있는 자리에서도 심적으로는 혼자다.

정말 stop 버튼이라도 있으면 누르고 싶었다. 책상 밑에라도 몸을 숨기고 싶었다. 구멍이 있으면 기어들어가 죽은 듯이 누워 있고 싶었다.

하지만 반려동물을 키워본 사람이라면, 더군다나 한 살이 되지 않은 에너지가 넘치는 강아지를 키우는 사람이라면 이 모든 것이 헛된 바람이라는 것을 알 거다.

흐린 날씨만큼 마음도 머릿속도 복잡하고 힘든 날에도 산책을 나간다. 재빠른 동구 때문에 나도 부지런히 움직이지 않으면 안 된다.

개는 늑대의 후손이란다. (아니라고 하는 연구결과도 있지만 아직까지는 나를 포함한 많은 사람들이 이렇게 믿고 있다) 사냥을 하던 습성이 남아 있고 그럴 필요가 없는 지금은 그 시간에 장난을 치고 놀이를 하면서 보낸다.
→ 한마디로 가만히 있지 않는다는 거다.

개는 코로 본다고 했다. 냄새를 맡을 수 없다는 건 아무것도 보이지 않는 어둠 속에 덜렁 남겨진 것과 같다고 했다.
→ 한마디로 무조건 1일 1산책을 시켜야 한다는 거다.

그러니 슬럼프가 찾아온 김에 한없이 늘어져 있고 싶은 나는 동구 때문에라도 몸을 일으켜 밖으로 나가야 했고 나간 김에 움직여야 했고 집으로 돌아오면 대소변을 치워주느라 또 분주해져야만 했다. 암막커튼으로 빛 한 점까지 차단하고 싶었지만 한낮에 햇빛을 쬐면 강제 광합성(?)을 할 수밖에 없다. 그 결과 나의 슬

4월 어느날
Today ; feeling blue

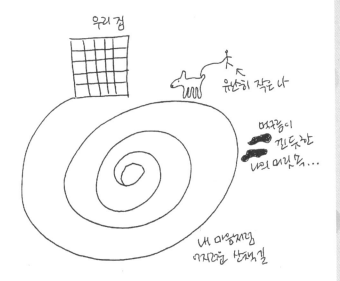

우리 집

유난히 작은 나

먹구름이
껴득한
나의 마음속...

내 마음처럼
끝없는 산책길

73

럼프는 3주 만에 스멀스멀 기어들어가더니 끝내 동구라는 강적 때문에 사라져버렸다.

그렇다고 해서 외로운 사람 괴로운 사람 우울한 사람들이 강아지를 길러야 한다는 말은 아니다. 24시간 함께 있으려는 개의 특성상 그 때문에 더 외롭고 괴롭고 우울해질 수 있기 때문이다. (외롭지는 않겠지만 어쨌든 상황을 모면하기 위해 시작한 반려견과의 동거가 상황을 악화시킬 수 있다) 하지만 동구가 아니었다면, 반은 좀비로 변해 꽤 오랫동안 그 상태에 머물러 있었을지도 모르는 내가, 생각보다 빨리 벗어나 원래의 상태로 돌아올 수 있었을까?

♥ 만약, 엄마가 밖에 나가 햇빛 좀 보고 운동 좀 하라고 했다면 나갔을까? (→ 어기적거리다가 이불 속으로 다시 기어들어갔을 거라는 데 한 표!)
♥ 만약, 집에 냄새가 나도 청소를 했을까? (→ 귀찮아서 페브리즈를 뿌리거나 방문을 더 꼭 닫았을 거라는 데 한 표!)
♥ 만약, 친구들이 불러냈다면 꾸미고 나갔을까? (→ 이런저런 핑계를 대거나 아니면 씻는 와중에 귀찮아서 포기했을 거라는 데 한 표!)

멈춰 있던 나를 다시 일으켜 세워 움직이게 한 건 9개월된 찡찡이 미니어처 푸들 동구였다. 내가 반려견을 산책시킨다고 생각했는데 생각해보니 나의 반려견이 나를 세상 밖으로 산책을 시켜준 거였다.

5월 5일

1박 2일 최장거리 산책

개린이날이 밝았다. 우리는 금토일로 이어지는 완벽한 황금연휴를 애증의 동구를 위해 바치기로 했다. 나와 신랑은 이미 다 큰 어른이라 (물론 정신연령은 절대 아님) 이미 해당사항이 없다고 생각했고 그간 혼자 집에 남겨져야 했던 날을 보상해주기 위해서였다. 그래서 우리는 철저히 동구가 가장 좋아할 가장 즐거워할 가장 편한 장소를 물색했다. 그리하여 1박 2일간의 최장거리 산책 프로젝트가 시작되었다.

우리에게 가장 중요한 조건은 두 가지였다.

첫째, 반드시 애견전용 캠핑장일 것.
둘째, 차로 두 시간 내의 거리여야 할 것.

별로 걸릴 게 없다고 생각했지만 장소를 물색하는 데에는 이 두 가지가 가장 큰 걸림돌이었다. 우선, 애견을 동반할 수 있는 캠핑장이 아닌 전용 캠핑장을 찾다 보니 양 손가락을 꼽을 정도로 후보가 추려졌으며 수도권으로 지역을 좁히니 한 손가락에 꼽을 정도로 후보가 좁혀졌으며 늦게 예약한 탓에 거의 모든 손가락을 접을 수밖에 없었기 때문이다. 게다가 애견전용 캠핑장이 문을 닫고 있는 추세라는 것도 한몫했다.

"어쩌지? 이번에는 못 갈 수도 있을 것 같아."
"애견 동반이라도 알아볼까?"

애견동반 캠핑장을 리스트에서 지웠던 건 이유가 있었다. 그건 바로 목줄을 하지 않은 채 풀어놓을 수 없다는 점 때문. 산책을 할 때마다 짧은 리드줄 때문에 자유롭게 움직일 수 없었던 동구를 이날만큼은 자유롭게 해주고 싶었다. 그렇지 않으면 애견카페나 애견 운동장을 데려가는 방법이 있으니 굳이 캠핑을 갈 필요가 없다고 생각했다. 하지만 가벼운 주머니 사정에다가 까다롭게 따지는 성격 때문에 이미 캠핑은 물 건너 간 듯 보였다.

'그냥 가지 말까?'

그런데 정말 신기하게도 그 마음을 품을 때마다 동구가 서글픈 눈빛으로 나를 쳐다봤다.

'그래, 돈을 좀 더 쓰더라도 좀 더 멀리 가더라도 동구를 위해 눈 딱 감고 지르는 거야.'

그러던 중 얼마 전 오픈을 했다는 애견캠핑장이 눈에 띄었다. 애견전용은 아닌데 애견캠퍼들만 오는 곳이라 반강제적(?)으로 전용 캠핑장처럼 운영되는 곳이라고 했다. 규모가 큰 곳은 아니었으나 목줄을 풀고 마음껏 뛰어놀 수 있는 데다가 가격마저 저렴하고 자리가 남아 있어 바로 예약을 했다.

"동구야, 이제 갈 수 있어!"

감격해 마지않는 나를 역시나 서글픈 눈빛으로 쳐다보는 녀석을 보며 그제야 동구가 내 마음을 읽어서 그런 게 아니었다는 걸 깨달았으나 이미 결제를 완료한 뒤였다.

가는 길은 험했다. 산세 때문이 아니었다. 황금연휴이다 보니 길이 엄청 막혔다. 평소보다 두 시간 정도가 더 걸렸다. 게다가 가는 길에 좋은 카페가 있으면 요기를 하자고 했는데 이상하게 그런 곳이 눈에 띄질 않아 오후 3시가 넘도록 쫄쫄 굶어야 했다. 한 손으로는 빈속을 부여잡고 다른 손으로는 동구를 부여잡고 가평으로 향하는 길은 가시방석과도 같았다. 준비한 이동장은 쓸모가 없었다. 열린 창문 밖으로 코를 내밀어 시원한 바람과 꽃향기를 느끼는 동구에게는 이동장 따위는 감옥과 같은 곳이었으니까.

그렇게 어정쩡하게 긴장한 자세와 공복 상태로 세 시간을 넘게 달려 캠핑장에 도착했다. 드디어 우리는 동구에게 태어나 처음으로 가장 자유롭고 행복한 산책 시간을 만들어줄 수 있게 되었다. 물론 그렇게 하기 위해서는 아직 자리도 찾아야 하고 텐트도 쳐야 하고 주린 배도 채워야 하는 단계를 거쳐야만 하지만 그런 것 따위는 이미 다 뛰어넘어버릴 정도로 우리도 동구도 신이 나 있었다.

한마디로 신세계였다. 캠핑장 내에서는 목줄을 채울 필요가 없었다. 그동안 갑갑했을 리드줄을 벗겨주자 동구는 어리둥절한 눈치였다.

"엄마, 뭐하는 거예요?"

고개를 갸우뚱하는 녀석에게 자유를 만끽하라고 이제 너의 쇼타

임이라고 알려주고 싶었지만 알아들을 리가 없어 가만히 운동장으로 유인했다. 개린이날을 맞아 정말 온갖 견종들이 모두 모였다. 리트리버, 푸들, 몰티즈 등 웬만한 대중소형견들을 다 구경할 수 있었다. 어떤 견주는 프리스비를 날려 잡게 해주고 어떤 견주는 공을 던져 물어오게 했다. 초보 견주인 우리는 그저 동구를 새로운 친구들과 인사하고 뛰어놀 수 있게 지켜보기로 했다.

반은 예상했던 대로 반은 예상하지 못한 대로 흘러갔다. 일단, 많은 강아지들을 본 동구는 무척 신나 보였다. 그간 애견카페를 데려갔을 때마다 구석에 숨던 소심한 모습은 온데간데없었다. 다른 개들에게 먼저 다가가 주위를 뱅뱅 돌다가 냄새를 맡고 코를 맞대며 인사를 건넸다. 그리고 이내 술래잡기를 시작했다. 이날 동구의 베스트 프렌드는 미디엄 푸들이었다. 다리와 허리가 좀 더 길고 털이 좀 더 짙어 비슷해 보이지만 체구가 훨씬 큰 녀석이었다. 그러거나 말거나 두 녀석은 밤이 깊어질 때까지 만날 때마다 서로를 쫓고 쫓았다.

이날의 가장 큰 수확이라고 한다면 그건 바로 헤엄을 치는 동구를 볼 수 있었다는 것. 개들은 태어날 때부터 본능적으로 수영을 할 수 있다고 한다. 하지만 겁이 많고 소심한 동구가 물에서 잘 놀 수 있을 거라고는 상상도 하지 못했다. 그런데 사건이 터

Today ; It's children's day

소요시간 ; 1박 2일

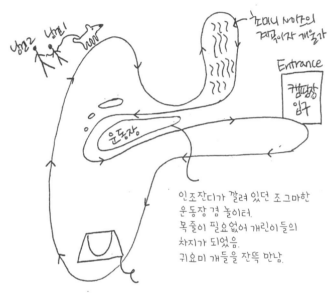

인조잔디가 깔려 있던 조그마한
운동장 겸 놀이터.
목줄이 필요없어 개린이들의
차지가 되었음.
귀요미 개들을 잔뜩 만남.

우리 텐트!
정말 오랜만의 캠핑이자 첫 애견 동반 캠핑!
어설픈 솜씨로 열심히 텐트를 치고
늦은 점심 겸 저녁을 준비함.
But, 밤에 급격히 떨어진 온도로 인해
발발발 떨었다는 슬픈 이야기…!!

졌다. 캠핑장 옆의 미니 계곡이자 개울가에 미지근해진 음료수와 맥주를 담가 두려 돌다리를 건너고 있는데 뒤에서 쫓아오던 동구가 발을 헛디뎌 물에 풍덩하고 빠지고 만 것이었다. 수심이 매우 얕아서 크게 걱정은 하지 않았으나 어쨌든 구해주려고 달려가는데 이 녀석은 이미 헤엄을 치고 있었다. 물에 빠진 개꼴이 된 동구는 놀란 듯 보였다. 그 모습을 보고 웃고 있는 우리를 보고 더 놀란 듯도 보였다.

"동구 헤엄쳤어, 개헤엄."

그리고 그날 몇 번을 더 개울가를 오가던 우리를 뒤쫓아온 동구는 헤엄을 즐겼다.

그렇다고 환상적이지만은 않았다. 초보 캠퍼이면서 초보 견주인 우리에게 캠핑은 미지의 세계였다. 고등학교 때 야영을 한 이후로는 한 번도 텐트를 쳐본 적이 없는데 과연 잘할 수 있을까 하는 걱정이 컸다. 그러면서도 고기를 구워 먹을 수 있다는 기대감에 모든 걸 잊어버리려 했다. 개린이날을 맞이한 이날의 캠핑은 개린이 입장에서 본다면 대성공이지만 우리의 입장에서 본다면 절반의 성공 절반의 실패에 가까웠다. 그 이유는 이렇다.

급격한 온도차로 인한 추위를 대비하지 못했다. 깜빡하고 전기
장판을 가져오지 않아 빌리려고 했는데 이미 다른 사람들이 모
두 빌려가버렸다. 덕분에 침낭을 쫙 펴서 두 개나 덮었지만 오들
오들 떨면서 잠자리에 들어야 했고 설핏이나마 잠이 든 나와는
달리 신랑은 전혀 잠을 이루지 못했다. 동구도 살짝 추웠는지 침
낭 속으로 기어들어오려고 했다고 한다. 결국 우리는 이튿날 해
가 뜨자마자 짐을 챙겨 떠나야 했다. 그 시각이 새벽 5시 30분.
집에 돌아오자마자 우리는 쌍화탕을 원샷하고 잠을 청했다. 이
번에는 뜨끈한 전기장판 위에서.

그럼에도 불구하고 우리는 또 캠핑을 가기로 했다. 개린이 때문
이다. 동구는 1박 2일 동안 실컷 뛰고 놀면서 전에 없던 자유와
즐거움을 누린 탓에 집에 가자며 부르는데도 우리를 피해 도망
다니며 차에 타지 않으려 했다. 집 앞에 도착해 내리는데도 망부
석이 된 것 마냥 힘을 주며 내리려고 하지 않았다. 돌아와서도
일주일간은 그날을 그리워하는 것 같았다. 그러니 다시 떠날 수
밖에. 최대한 자주 시간을 내서 앞으로는 먼 산책을 떠나려고 한
다. 그건 동구에게도 우리에게도 몹시나 벅찬 일이 될 거다. 그
길 위에서 또 어떤 일이 생길지 또 어떤 사람들을 만나게 될지 혹
은 어떤 개들을 만나게 될지 설렌다.

반려견과의 여행

반려견을 데리고 여행을 가기 위해서 제일 먼저 알아봐야 할 것은 바로 숙소다. 애견동반이 불가능한 곳이 많고 또 가능하다 할지라도 추가요금이 너무 비싸 선택에 제약이 많다. 그래서 좀 더 자유롭고 경제적으로 부담이 적은 캠핑을 선호하게 되는데 이마저도 요즘에는 쉽지가 않다. 많은 개체가 모여 있게 되면 소음으로 인해 견주들 간에 시비나 언쟁이 붙는 경우가 많고 관리가 어려워 애견전용 캠핑장이 많이 줄었기 때문이다. 그래도 요즘에는 애견동반이지만 구역이 아예 나누어져 있는 곳도 있고 애견전용이지만 개체 수에 제한을 둬서 조금 더 쾌적하게 이용할 수 있는 곳이 생기고 있다. 특히 리드줄을 하지 않은 채로 자유롭게 움직일 수 있다는 점에서는 이보다 더 좋은 여행의 형태가 있을까 싶다.

캠핑장은 대개 전용의 경우 5만 원에서 8만 원 사이로 가격이 책정되어 있으며 동반의 경우 3만 원에서 5만 원 사이고 때로는 추가요금을 받기도 하지만 평균적으로 저렴한 편이다.

포천 '캠핑마을'

사실 전용이라기보다 반려견을 동반할 시 따로 정해진 구획에 자리를 마련해준다. 그 안에서는 리드줄을 풀고 자유롭게 움직일 수 있다. 가는 길은 다소 험난하지만 멀미가 심하지 않은 반려견이라면 함께 가볼 만하다.

(사이트) http://camping-land.net
(주소) 경기도 포천시 신북면 갈월리 22-3
(요금) 1박 5만 원

남양주 '햇살가득 캠핑장'

반려견 전용 캠핑장으로 사이트끼리 간격이 제법 넓고 편의시설이 상당히 깨끗하게 관리되고 있어 추천할 만하다. 다만, 캠핑장 밖에 주차를 하고 들어가야 해서 만약 짐이 많거나 이른 시간에 체크아웃을 해야 한다면 가까운 쪽에 텐트를 설치하는 것을 추천한다.

(사이트) https://cafe.naver.com/youngsmom2738
(주소) 경기도 남양주시 수동면 내방리 368-5
(요금) 1박 5만 원 2박 9만 원

추천! 반려견 동반 여행지

:: 양평 ::

양평이야말로 반려견과 함께 당일치기로도 1박 2일로도 다녀오기 좋은 장소다. 동반입장이 허용되는 카페나 식당이 제법 있고 숙소 역시 반려견 전용 펜션이 따로 있을 정도로 펫 프렌들리한 곳!

▶ 갤러리 카페 '수수카페'

북한강이 근처이며 야외 테라스가 넓게 조성되어 있어 반려견 동반이 허용된다. 단, 전용공간은 아니기에 바닥에 내려놓거나 풀어놓을 수는 없다. (상황에 따라 운영규칙이 변동될 수 있으니 방문 전 한 번 더 확인해 보는 것이 좋을 듯하다)

(주소) 경기도 양평군 양서면 북한강로89번길 16
입장료 7천 원 (음료 포함)

:: 강화도 ::

반려견 동반 카페 및 전용 운동장이 여러 군데 있고 부지가 넓은 편이라 뛰어놀기 좋다. 또한 산책하기 좋은 길이 많아 여유롭게 나들이를 즐길 수 있다.

▶ 애견카페 '흐노니'

흔히 애견전용카페라고 하면 복잡하고 견주들에게는 다소 편의시설이 불편하다고 느낄 수 있으나 이곳은 다르다. 루프탑과 운동장을 보유하고 있으며 인테리어 및 음료에도 신경을 쓴 편이라 즐기기에 부족함이 없다. (미리 방문 전 휴무일 및 변동 사항이 있는지를 확인해보는 것이 좋을 듯하다)

(주소) 인천 강화군 길상면 해안남로 328-7
입장료는 따로 없으나 1인1음료 1견1간식 주문 필요

5월 어느 날

너는 뭐가 그리도 신기하니?

동구에게는 세상의 모든 것이 다 신기한가 보다. 바람이 몹시 불던 날, 산책을 거를 수 없어 녀석을 데리고 집 근처로 나섰다. 보통의 개라면 주인을 뒤쫓아 쫄래쫄래 걷겠지만 10개월 차에 접어든 혈기왕성한 개린이는 나를 잡아끌며 앞장섰다. 그런데 날듯이 걷던 동구가 급정거하듯이 멈춰 섰다. 그리고 그 자리에 우뚝 서 뭔가를 뚫어져라 쳐다보더니 다시 속력을 내어 달려가기 시작했다. 그러했다. 동구는 태어나 처음으로 비둘기라는 새를 봤던 것이다.

"엄마, 쟤는 색깔도 칙칙한 애가 털이 듬성듬성 나 있어요. 뒤뚱뒤뚱 걷는 것 같은데 눈 깜짝할 새에 사라지는 게 참 신기해요."

내가 강아지의 언어를 이해할 수 있는 능력이 있다면 아마도 동구는 이렇게 말했을 거다. 비둘기는 동구를 피해 다른 곳에 자리를 잡고, 그러면 다시 동구는 쫓아가고, 다시 비둘기가 푸드덕 날아서 조금 떨어진 곳에 몸을 숨기면, 다시 동구가 귀신같이 찾아 달음질을 친다. 이런 일이 몇 번 반복되자 먼저 나가떨어진 쪽은 비둘기였다.

'이런 집요한 녀석.'

새가 자리를 영영 뜨자 그제야 동구는 원래의 모습으로 돌아와 바닥에 코를 대고 킁킁거렸고, 사람이 지나가면 앞발을 들고 뿔뿔뿔 쫓아가며 반가움을 표했다.

세상 모든 것에 무감각해진 내가 어쩌면 동구를 키우게 된 건 당연한 것일지도 모른다는 생각이 들었다. 3n년을 살고 보니 언젠가부터는 무엇을 봐도 놀랍지가 않게 되었다. (단, 갑자기 닥쳐오는 불행과 실패는 빼고)

비경을 봐도 탄성조차 지르지 않는 나.
맛있는 걸 먹어도 뒤돌아서면 바로 까먹는 나.
텔레비전에 나오는 세상은 진짜와 거리가 멀다며 리모컨조차 잡지 않는 나.

더 열거하려니 끝이 없을 것 같아 여기까지만 적지만 어쨌든 동구를 만나기 바로 직전의 나는 무기력했다. 그런 내가 이 세상의 모든 것을 신기해하는 존재를 기르게 된 건 태어나 처음 경험하는 유일한 것이었다. (이러니 저러니 주저리 적어놓았지만 한 생명을 돌보고 기르는 것만이 내가 겪은 적이 없는 일이라는 거다) 그래서 나는 그토록 원했지만 주저할 수밖에 없었던 반려동물을 마침 그 시점에 입양하게 된 것이라고 생각한다.

모성애는 학습의 결과물이라고 했다. 그건 〈케빈에 대하여〉라는 영화를 보면 조금 더 분명해지는데 원하지 않던 임신으로 첫아이를 갖게 된 엄마는 출산 후 자유롭던 시절을 그리워하며 아들에게 큰 사랑을 느끼지도 주지도 못한다. 그러다가 둘째 아이를 갖고서야 부모가 자식에게 주는 사랑이 뭔지를 깨닫게 되는데 나 역시도 비슷했다.

소형견치고는 크고 중형견치고는 작은 애매한 사이즈의 미니어처 푸들 동구는 처음에는 참으로 성가신 존재였다. 앙증맞은 외모에도 불구하고 투정이 심했다. 먹을 걸 보면 울며불며 달려들었고 헛짖음이 심했다. 이웃주민이 민원이라도 넣을까 봐 좌불

안석 노심초사할 수밖에 없었다. 자는 모습은 천사 같았지만 문제는 내가 잘 때는 동구가 깨어 있고 내가 깨어 있을 때도 동구가 깨어 있다는 점이었다. 귀엽다며 사진을 찍고 SNS에 올리기는 했으나 마음 한구석은 불편하고 찜찜했다.

'실은 다 좋기만 한 것은 아니랍니다.'

이런 말을 같이 달아놓을까 말까 한참을 망설이다가 내 얼굴에 침 뱉기 같아 그냥 삼키고는 했다. 그래서 나는 항상 동구에게 애증이라는 표현을 사용했다. 사랑하면서도 동시에 미운 존재. 하지만, 어느 순간 그 감정은 순수한 애정으로 변해버렸다. 정확한 시점은 모르겠으나 늦은 밤 불이 꺼진 거실에 혼자 앉아 있으면 내게 눈을 마주치는 녀석을 품에 안고 현관까지 오가는 일을 반복하면서였던 것 같기도 하고 거의 하루도 빠지지 않고 본격적으로 산책을 나가던 무렵이었던 것 같기도 하다.

동구는 이제 귀엽지만 성가신 개가 아니라 가슴으로 낳은 자식이 되어버렸다. 그걸 증명이라도 하듯 내가 동구를 부르는 이름이 다양해지기 시작했다. '동동이' '동댕이' '갱애지' '꼬순이' 그리고 '동구니' 까지. 나의 반려견 푸들은 애정에 비례하듯 많은 애칭을 갖게 되었다.

그렇다고 극성스러운 엄마가 되기는 싫었다. 그냥 내가 가진 한에서 내가 해줄 수 있는 한에서만 주기로 했다. 동구가 입고 있는 옷도 사료도 하네스도 모두 비싸지 않은 것들이다. (물론 질이 매우 안 좋은 것은 아니지만 말이다) 요란을 떨고 싶지 않았다. 내 마음이 쉽게 달아올랐다가 쉽게 식지 않기를 바라는 마음에서였다. 그저 이런 방식으로 오래도록 함께 하고 싶었다.

그래도 동구를 위해서 처음 시도하는 것들이 점점 늘어났다. 그 시작은 캠핑이었다. 반려동물을 데리고 여행을 가기 힘들다 보니 비교적 제약이 적은 야외로 눈을 돌렸다. 저렴한 텐트와 캠핑의자 그리고 도구들을 하나씩 구입해나갔고 지난 개린이날에 우리는 가평으로 여행을 떠났다.

처음으로 미용에도 도전했다. 금손과는 거리가 아주 먼 곰손이자 마이너스의 손이지만 그냥 직접 털을 다듬어주고 싶었다. 일명 바리깡이라고 부르는 도구를 인터넷에서 구입하고 미용가위를 샀다. 두 사람이 붙어 한 시간이 넘게 매달린 끝에 동구는 초짜의 손길이 풀풀 풍기는 모습으로 재탄생되었다. 그럼에도 불구하고 나는 뭔가를 직접 해주고 싶었다.

요즘 나는 그림을 그리기 시작했다. 순전히 동구를 직접 그려보고 싶어서. 찍어놓은 사진이 그렇게나 많은데도 말이다. 아직까지는 나의 그림이 실물보다 사진보다 덜 예쁘고 덜 사랑스럽지만 그리지 않을 수가 없다. 좋아하는 것이 생기면 드로잉을 하게 된다는데 몇 십 년을 그림과 담을 쌓아온 나를 이렇게 만들다니 당황스러울 뿐이다.

늘 우리의 사이가 핑크빛일 수만은 없다. 날씨가 흐릴 때도 있고 비가 올 때도 있는 것처럼 우리의 관계도 상황에 따라 기분에 따라 조금씩 변할 수 있을 거다. 하지만 분명한 건 내가 동구를 사랑하는 마음이 뿌리째 흔들리는 일은 없을 거라는 점이다. 그리고 나의 반려견이 내 손을 먼저 놓지 않는 한 절대 내 쪽에서 먼저 떠나보내지 않을 것이다.

7월 어느 날

밤을 걷는 동구

정말 싫은 손님이 찾아왔다. 매년 빠지지 않고 들러 정신을 쏙 빼놓는 아주 얄미운 손님이 말이다. 사람을 무기력하게 만드는 데 일가견이 있는 데다가 한 번 발을 붙이면 꼬박 삼사 개월은 떠날 생각을 하지 않는다. 달래도 보고 겁을 줘봐도 눈치가 없는 건지 멘탈이 강한 건지 듣지를 않는다. 그 손님이 누구냐고? 바로 '여름'이다. 사람도 혀를 빼물게 만들 정도로 무더운 계절이니 개들은 오죽할까.

하루 중 가장 핫한 시간인 오후 2시만 되면 동구는 기절한 듯이 현관 타일 바닥에 드러눕는다. 그러다가 일어나 거실 한 바퀴를 돌고 나서는 혀를 쭉 빼고 헉헉대다가 챱챱 소리를 내며 물을 마신다. 그리고 다시 눕는다. 그게 몇 시간 반복되면 개도 지켜보는 사람도 지친다. 그러니 산책은 포기할 수밖에. 데리고 나갈 기미가 없으면 동구는 턱을 바닥에 대고 시무룩한 표정을 짓는다. 그 모습을 보고 있자니 마음이 아프고 데리고 나가자니 30도를 훨씬 웃도는 날씨가 마음에 걸린다. 어릴 때부터 동구의 표정이 원래 처량하고 아련하다는 걸 알면서도 끝내 그 얼굴을 보기가 안쓰러워 두 번 낮 산책을 나갔더랬다. 결과는 어땠냐고? 둘 다 녹다운되어버렸다.

동구는 활동량이 많기로 유명한 푸들인 데다가 한 살에 불과한 개린이다 보니 더운 날씨에도 토끼처럼 뛰며 거리를 활보하고 냄새를 맡고 지나가는 비둘기를 쫓고 기운을 한바탕 쏟고 난 후 엘리베이터 앞에서 실신하듯 누워버린다. 그런 동구의 리드줄을 잡고 덩달아 뛸 수밖에 없는 나 역시도 그로기 상태. 똑같은 실수를 두 번 반복한 후, 산책을 저녁시간으로 미루기로 했다. 사실 내 몸이 피곤한 건 그렇다 치더라도 발바닥이 예민한 개에게 뜨거운 아스팔트를 걷게 하는 게 못내 마음에 걸렸다. 화상을 입을 수도 있다고 하니 굳이 한낮을 고집할 이유가 없었다. 하루 종일 산책을 그리워하며 시무룩해할 동구만 이해를 해준다면 말이다.

나의 반려견 동구에게는 생애 첫 여름밤 산책. 주인인 내게도 동구와 함께하는 생애 첫 여름밤 산책. 원래 개들은 시력이 좋지 않은데 가뜩이나 컴컴한 밤이라서 걱정했는데 그렇지만도 않은 가 보다. 동구에게는 바로 '후각'이 있으니까. 그것도 아주 예민 한. 한번은 앞장서서 가던 동구가 풀숲 앞에 멈춰서 한 곳을 뚫 어져라 바라보며 움직일 생각을 하지 않는 거였다.

"동구야, 여기 아무것도 없어. 왜 그래?"

기다리다 못해 지친 나는 리드줄을 당겨 이동하려 했는데 온몸으 로 저항을 하기 시작했다. 마치 뭔가에 홀린 듯이, 아니면 사냥을 준비하는 듯이 말이다. 그런 동구를 이상하게 바라보고 있는데 갑자기 까만 고양이 한 마리가 풀숲에서 튀어나오더니 나무 위 로 쏜살같이 도망쳤다. 동구는 그곳에 고양이가 숨어 있는 걸 알 고 있었던 거다. 야행성인 고양이는 밤에 활발히 움직이는 편인 데, 문제는 산책 내내 동구가 고양이만 쫓아다닌다는 거였다. 낮 에 산책할 때는 근처에도 안 가던 자동차 밑 혹은 풀숲 바로 뒤에 서 온몸으로 고양이가 있음을 알리며 난리를 피우는데 막을 재간 이 없다. 사실 오늘도 그런 동구를 말리는데 산책시간을 다 써버 렸다. 나는 정말 묻고 싶다.

"동구야, 고양이랑 뭐하게? 뭐하려고 그렇게 쫓아다니니?"

여름이 되면서 챙겨야 할 산책 준비물이 하나 더 늘었다. 리드줄, 배변봉투, 트릿 그리고 휴대용 물병. 그동안은 그렇게까지 목말라하지 않아서 살 생각을 하지 않았는데 신기하게도 절묘한 타이밍에 선물을 받았다. 그것도 자주 가는 카페 사장님으로부터. 산책코스 단골집이다 보니 동구의 존재를 잘 알고 계셔서 가끔 종이컵에 물을 담아 건네주시기도 하고 여러 가지 팁을 알려주시기도 하는 선배 견주님이신데 어느 날 카페에 들렀더니 거울을 보라고 하시는 게 아닌가. 거기에는 동구에게 보내는 메시지가 적힌 쪽지와 휴대용 물병이 붙어 있었다.

"우리 집 애들 사료 샀는데 사은품으로 두 개나 딸려왔더라고요. 하나면 충분해서 동구가 쓰면 좋겠다 싶더라고요. 붙여놓은 지 며칠 되어서 언제 오나 했어요."

'동구야, 알고 있니? 네가 지금 밖에서도 시원한 물을 챱챱 마실수 있는 건 따뜻한 카페 사장님의 배려 덕분이란다.'

'저, 동구인데요. 선물해주신 물병 잘 쓰고 있어요. 감사합니다.'

이 메시지를 사람인 내가 대신 전해드려야겠다. 더 늦기 전에 말이다.

펫 프렌들리에
대하여

강아지를 키우면서 가장 처음 알게 되었던 건 강아지와 함께 들어갈 수 없는 곳이 너무 많다는 거였다. 문턱이 닳도록 뻔질나게 드나들던 단골 카페도 맛집도 빵집도 동구와는 들어갈 수 없었다. 아무 생각 없이 타던 버스도 지하철도 비행기도 타기 어려웠다. 특히 여행이라도 한번 갈라치면 반려동물이 입장되는 곳이 거의 없어 울며 겨자 먹기로 집에 혼자 두거나 아니면 부모님께 부탁해서 봐달라고 하는 수밖에 없었다. 그런 일들을 경험하면서 그동안 내가 얼마나 무지했는지를 알게 되었다. 일상적으로 지나치던 모든 공간이 개에게는 발을 들일 수 없는 세계였다니…. 그런 규칙을 무시하고자 하는 건 아니다. 오히려 존중하려고 한다. 반려동물은 나에게는 한없이 예쁜 생명체이지만 남에게는 그렇지 않을 수 있다는 것을 알기 때문에. 그러니 더더욱

습관을 잘 들이고 가르치고 잘 돌봐야 하는 게 중요할 거다.

하지만 그럼에도 불구하고 반려동물이 자유롭게 출입할 수 있는 공간에 대한 갈증은 여전하다. 나아가 목줄을 풀어주고 자유롭게 뛰어놀 수 있었으면 더 바랄 게 없을 것 같다. 그래서 우리는 안락하고 쾌적한 여행 대신에 조금은 불편하지만 자유로운 캠핑을 선택했다. 태어나 한번도 텐트를 쳐본 적이 없는 우리는 그렇게 5월 5일 첫 캠핑을 떠났더랬다. 반려동물을 동반할 수 있는 곳이 아닌 전용공간이었기에 나도 동구도 정말 마음 놓고 뛰놀 수 있었다. 그때의 기억이 어찌나 좋았던지 우리는 채 한 달이 되기도 전에 다시 한 번 짐을 꾸렸다.

"나는 좀 더 자연을 즐길 수 있는 곳이었으면 좋겠어. 경치도 좋고 시설도 잘 갖춰져 있는 곳."

그리고 그 조건에 맞는 곳을 하나 발견하게 되었다. 적당한 가격에 적당한 위치 그리고 무엇보다 많은 캠퍼들이 이용하기에 편리하다고 추천을 해주었기에 결정은 어렵지 않았다. 단, 이곳이 반려동물 전용 캠핑장이 아니라 동반 캠핑장이라는 점만 빼면 말이다.

캠핑을 가는 당일, 추위에 떨었던 지난번 경험을 되새겨 전기장판을 제일 먼저 챙겼다. 그리고 휴대용 빔프로젝터도 짐 속에 꾸려 넣었다. (지난번 캠핑선배들이 스크린까지 설치하며 영화를 봤던 게 못내 부러웠었다) 그렇게 청평으로 가는 길은 설레고 즐겁기만 했다. 차가 조금 막히기는 했지만 우리는 약간 늦은 점심 시간 무렵 캠핑장에 도착했다. 그런데 이게 웬일? 바닥이 파쇄석으로 되어 있었다. 그 점을 미처 확인해보지 않은 나의 잘못이 컸다. 강아지들은 발바닥에 일명 '젤리'라고 하는 패드가 있다. 지면에 제일 먼저 접촉하는 부분이다. 문제는 물컹물컹하고 유연하지만 그만큼 상처를 입기가 쉽다는 거다. 파쇄석은 물빠짐이 중요한 캠핑장의 필수조건이라고 할 수도 있겠지만 처음에 갔던 반려동물 전용 캠핑장은 흙과 인조잔디로만 구성이 되어 있어 당연히 이곳도 그럴 줄 알았다.

"우린 신발을 신고 있어서 괜찮은데 동구도 괜찮을까?"

늑대의 후손인데 이깟 파쇄석쯤은, 이라고 생각했다가도 (물론 늑대의 후손이 아니라는 주장이 최근에 부각되고 있지만) 약간 불편해 보이는 동구의 걸음걸이에 양심의 가책이 느껴지는 게 사실이었다. 뷰가 아름답고 시설이 좋다는 점에만 신경을 쓴 나의 이기심 때문인 것 같아서 말이다. 또한, 동반 캠핑장이기에 당연히 목줄을 하고 다녀야만 했다. 그건 기본 중에 기본이니까 불편하다고 생각하면 안 되는 거였다. 그런데 자꾸만 더 먹겠다고 낑낑거리는 동구가 옆 캠핑동 가족들에게 민폐가 되지는 않을까 싶어 가시방석에 앉은 기분이 들었다. 밤에는 밖에 둘 수가 없으니 텐트 안으로 들여놓고 목줄을 풀었는데 지퍼 틈 사이로 코를 밀어 넣더니 이 녀석이 탈출을 감행했다. 다행히 화롯불 가에 옹기종기 모여 앉은 캠퍼들이 귀여워하며 반겨주었으나 나는 미안하고 불편하고 불안한 마음뿐이었다.

'동구야, 미안해. 미안하다.'

사실 캠핑장은 다른 곳에 비할 수 없을 정도로 경치가 빼어났다. 바로 앞에 강이 흐르고 병풍처럼 산이 둘러 있는데 밤이 되니 공기가 그렇게 청량할 수가 없었다. 게다가 새들의 지저귐도 환상적이었다.

시설은 두말할 것 없었다. 개수대를 담당하는 직원이 따로 있어 매우 깨끗하게 관리되고 있었고 매점에서 판매하는 간식이나 음료들도 매우 저렴했다. 심지어는 컵을 가져오지 않아 큰 뭉텅이를 집었더니 그것보다 적은 양으로도 판매한다며 쓸데없는 데 돈 쓰지 말라며 친절하게 알려주기도 했다. 사이트마다 전용 콘

센트도 설치되어 있었고 바로 옆에 주차도 할 수 있어 편리하기 그지없었다. 물놀이를 하고 시원한 커피 한 잔으로 목을 축일 수 있는 카페까지 갖추고 있으니 커피귀신인 나에게는 별천지 같은 곳이었다. 하지만, 그럼에도 불구하고 이곳은 반려동물인 동구의 입장에서는 그전보다 좋지 않은 기억으로 남았을 것이다.

"엄마, 동물 친구들이 별로 없어요. 같이 뛰놀고 싶은데 그 친구들도 묶여 있어서 그럴 수가 없는 게 아쉬워요."
"엄마, 발바닥이 배겨요. 엄청 아픈 건 아닌데 불편해서 자꾸 힘이 들어가요."
"엄마, 저도 목줄 풀고 그때처럼 어질리티(장애물을 넘거나 기구를 가지고 노는 것) 하고 싶어요."
"엄마, 그때처럼 다른 아저씨들한테 간식 얻어먹고 싶어요. 닭고기 맛 나는 과자가 참 좋았는데…."

이날의 경험으로 나는 큰 교훈을 얻었다. 사람에게 좋다고 동물에게도 좋은 장소는 아니라는 것. 무엇보다 견주의 입장에서 함께할 여행지를 알아본다면 '펫 프렌들리' 한 곳인지를 다시 한 번 생각해봐야 한다는 것을 말이다. 어쨌든 앞으로는 동구와 함께하는 한 '전용캠핑장'만을 이용하려고 한다. 그게 남들에게도 우리에게도 또 동구에게도 그리고 모두에게도 좋은 일일 테니까.

Today : It's so hot!

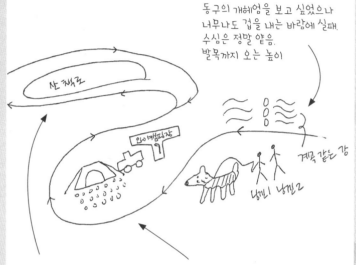

동구의 개헤엄을 보고 싶었으나
너무나도 겁을 내는 바람에 실패.
수심은 정말 얕음.
발목까지 오는 높이

산책로

인어캠핑장

계곡 같은 강

냥이 냥2

자전거도 탈 수 있고 산책도
할 수 있는 기다란 산길.
다만, 동구가 지나갈 때마다
냄새가 나는지 귀신같이
짖어대는 동네개들. T_T
친구가 아닌 침입자가 되어버렸다.

청평역에서 아주 가까운 캠핑장.
전반적으로 깨끗하고 넓어서 좋았다.
단, 파쇄석이라 반려동물들이
돌아다니기에는 발이 좀 아플 듯.
경치도 좋고 밤에는 별도 보여
힐링하기에 Good Good!
애견 전용이 아니라 풀어놓을 수는
없지만 산책로가 잘되어 있어 괜찮음:)

8월 28일

우중산책

귀신은 속여도 나 자신은 못 속인다는 말이 있는데 사실 귀신은
속일 수 있어도 동구는 못 속인다. 무슨 이야기인고 하니, 날씨
가 우중충해지면서 비가 올 성싶으면 우리 개린이는 귀신같이
알아차린다. 산책을 갈 수 없다는 걸. 그래서 달래볼 틈도 없이
먼저 시무룩해져서는 문지방에 턱을 괴고는 눕는다. 그 모습을
보고 있으면 정말 동구는 사람 마음을 아리게 하는 데 일가견이
있다는 생각도 들고 그렇게 해서 산책을 가게끔 만들려는 게 아
닐까 싶을 정도로 똑똑한 것 같다는 생각도 든다.

하지만, 비가 오는 날에는 산책하기 어렵다. 아니, 불가능에 가
깝다. 인터넷을 뒤져보면 귀여운 비옷을 입은 댕댕이들 사진을
발견할 수 있지만 그건 그림의 떡이다. 그 이유는 견주는 리드줄

도 잡고 있어야 하고 우산도 들어야 하고 배변을 치울 봉지도 챙겨야 하고 가지고 나갈 게 너무 많은 데다가 신경 쓸 것도 너무 많아서 제대로 된 산책을 하기가 불가능하기 때문이다. 너무 길고 장황해서 이게 무슨 소리냐고 생각할 수도 있겠지만 한마디로 비 오는 날의 산책은 개고생이 아니라 사람 고생이라는 거다.

개에게 산책은 정말 중요하지만 개와 함께하는 사람도 그 산책이 행복해야 한다.

♥ 9to9의 초주검 근무 후에 하는 산책이 과연 견주에게 행복할까?
♥ 일거리가 쌓여 눈길은 스마트폰을 향해 있는 상황에서 하는 산책이 과연 견주에게 행복할까?
♥ 조심해야 할 것들이 천지인 상황에서 하는 산책이 과연 견주에게 행복할 것이냐 말이다.

비가 오는 날에는 신경 쓸 게 너무 많다. 빗물에 미끄러지지 않도록 반려견을 케어해야 하지, 지나가는 사람에게 흙탕물을 튀기지 않도록 조심해야 하지, 우산이 미끄러지는 일 없이 단단히 붙잡아야 하지, 그 와중에 달려나가는 개를 컨트롤해야 하지, 실외배변을 보고 난 뒤에 뒤처리도 깨끗이 해야 하지….

열거하자니 끝이 없다. 그래서 나는 비가 온다 싶으면 깨끗하게 산책을 포기하고 노즈워크를 시켜주거나 계단을 운동 삼아 함께 오르내린다. 때로는 특식을 주기도 하고. (원래는 그러면 안 된다고 들었다)

하지만 모든 일에는 항상 예외가 존재하는 법. 비 오는 날에는 절대 산책을 하지 않겠다던 피의 맹세를 깨고야 말았다. 사실 의도치 않게 비가 와서 그런 거지만. 잠깐의 휴식을 즐기고 있는데 어둑해진 하늘을 보며 시무룩해하는 동구의 모습이 끝내 눈에 밟혔다.

'그래, 아직 비도 안 오는데 괜찮겠지? 비 소식은 없었어. 비가 온다 치면 얼른 들어오면 되는 거야. 고작 15분 사이에 그럴 일이 생기기야 하겠어?'

겁도 없이 나는 그 길로 리드줄을 채우고 배변봉투를 챙기고 우산 없이 산책길에 나섰다. 그동안은 불볕더위로 인해 밤 산책만 했던 터라 선선해진 낮의 공기와 뷰를 선사해주고 싶은 마음도 컸다. 비닐랩을 뜯자마자 동구는 낌새를 챘는지 문 앞에서 난리 부루스를 추기 시작했다. 간신히 '기다려' 와 '그럼 안 가' 를 이용해 진정시키고 우리는 엘리베이터를 타고 밖으로 나왔다.

동구는 땅을 밟자마자 네 발을 휘젓기 시작했다. 그동안은 모든 게 어둑어둑했는데 환한 빛을 보니 신이 났나 보다. 그동안은 앞장을 서기는 했지만 비교적 얌전하게 걸어가던 녀석이 나는 듯 달리는 듯 뛰기 시작했다. 세상에 그렇게 신나할 수가!

'동구는 역시 낮 산책을 좋아하는구나.'

그렇게 나까지 흐뭇해져서 길을 건너 단골 카페로 향하는데 빗방울이 하나둘씩 떨어지기 시작하더니 점차 빗줄기가 거세졌다.

'설마, 아닐 거야.'

인정하고 싶지 않아 커피 한 잔을 시키고 나오면 비가 그칠 거라고 이건 지나가는 것에 불과하다고 되뇌었다. 하지만, 나의 바람에도 불구하고 비는 잦아들기는 했어도 여전했다.

"그래, 오늘은 그냥 우중산책을 해 보는 거야."

그대로 집으로 향하기엔 너무 아쉬워서 비를 맞은 채로 동구와 동네를 헤집고 다녔다. 풀에 맺힌 이슬이 아름다워 보였는지 아니면 향기로웠는지 코를 연신 갖다 대더니 빗방울을 날름날름

핥는다. 비가 오는 날에는 냄새가 더 짙어지는지 모든 감각이 활짝 열리는지 동구는 그야말로 하이 상태였다. 그 모습을 보고 있자니 그간 우중산책을 꺼렸던 게 못내 미안해졌다.

사실, 생각하면 할수록 모든 건 복잡해질 뿐이다. 때로는 과감하게 그냥 저질러보는 것도 나쁘지 않다. 벌어질 가능성이 낮은 나쁜 상황만 골라서 걱정했던 내게, 그런 답답한 견주에게, 멍청한 반려인에게, 동구는 이렇게 말하는 듯했다.

"엄마, 그냥 즐겨요."

너는 알까? 비를 맞으며 뛰어다니던 그 순간, 교복이 흠뻑 젖도록 우산을 펼치지도 않은 채 운동장을 뛰어다니던 나의 과거가 떠올랐다는 걸. 그리고 그 순간, 나 역시도 잠시 15세의 소녀가 되어 웃을 수 있었다는 걸.

호적수 개할범의 등장!

우리 집은 어릴 적부터 대가족이었다. 지금은 나 홀로 산다 해
도 이상하지 않지만 그때만 해도 대대손손 모여 사는 게 이상하
지 않은 시절이었다. 우리 집은 3대가 너무나 오손도손 모여 살
았기에 감히 누군가를 들일 생각을 하지 못했다. 그만큼 집이 좁
아 사춘기 소녀 둘이 한 방에서 한 침대를 써야 했다. 사족이지
만 그 시절 나의 소원은 꿈에도 통일이 아니라 독립이었다. 지금
은 방이 남아돌지만. 아무튼 그런 데다가 집안 살림을 혼자 도맡
아 하는 어머니 그리고 비염이 있던 언니 덕분에 강아지를 데려
와 키운다는 건 꿈도 꿀 수 없는 일이었다. 그래서 나는 아버지
가 강아지를 키우고 싶어 하시는 줄 몰랐다. 오히려 그 반대였
다. 늘 입버릇처럼 이렇게 말씀하시곤 했으니까.

"강아지 데려오기만 해봐. 자기 앞가림도 못하는데 무슨 강아지야? 강아지가? 데리고 오면 너도 같이 내쫓아버릴 거야. 절대 안돼."

하지만 인터넷에 유명한 일화들처럼 정작 반려견을 데려왔을 때 아버지의 태도는 180도 달랐다. 처음에는 약간 어색해하더니 얼마 뒤 강아지 사진을 전송하라는 일갈을 보내셨다.

"동구 사진 좀 보내봐."

그래서 어렵사리 한 장을 찍어서 보내면 다시 메시지가 날아들었다.

"1분짜리 동영상 하나만 보내봐."

좀 귀찮기는 했지만 나는 신기한 마음에 정성껏 찍어 보냈다. (그 후로는 점차 시간이 줄어들어 지금은 20초 동영상만 찍어 보낸다)

하지만, 아버지가 그 동영상과 사진을 고이 간직하며 되새김질하듯이 보실 줄은 상상도 못했다. 그냥 그저 그러시려니 했다.

그러던 어느 날, 동구를 데려가겠다고 하셨다. 그것도 차를 가지고 오셔서. 나는 뜨악할 수밖에 없었다. 아버지는 운전을 정말 싫어하시기 때문이었다. 일하러 갈 때 말고는 항상 대중교통을 이용하시는 터라 차를 얻어 탄다는 건 수능시험에 지각하는 일이 벌어지지 않고서는 불가능한 일이었다. 그런데 백주대낮에 동구를 데리러 오기 위해 운전을 하시겠다니, 놀랠 노자였다.

그렇게 뜨거운 로맨스가 시작되었다. 6n년을 살아 산전수전 공중전을 다 겪은 아버지는 그동안 경험해보지 않은 일이 없었을 거다. 딸이 시집도 가는 집안의 큰일까지 치렀으니 어떤 일이 벌어져도 신기할 것도 없었을 거다. 그런데 강아지라는 작은 생명체를 기른다는 건 태어나 처음으로 제대로 해보는 일이었던 거다. 늦바람이 무섭다더니 그렇게 우리 아버지는 동구의 할아버지, 즉 개할범으로 다시 태어났다.

동구를 데리고 간 뒤, 나는 몹시 걱정을 했다. 혹시라도 구박받을까 봐 걱정이 되었다. 그도 그럴 것이 우리 아버지는 배우 이순재 선생님의 꼬장꼬장함과 깐깐함 + 서장훈 선수의 청결함이 콜라보로 이루어진 성격을 가지고 계시니까. (사실, 좀 오버가 섞이긴 했다. 암튼 만만한 분은 절대 아니다)

"엄마, 동구 잘 지내고 있어?"

"응, 아빠랑 잘 논다."

"진짜야?"

"진짜지. 왜?"

"아니, 혹시라도 구박덩어리 취급받을까 봐서."

"에이, 아니야."

말만 들어서는 믿을 수가 없어 사진을 전달받았다. 사진 속 아버지는 동구를 껴안고 뽀뽀를 하고 쓰다듬고 먹이를 주고 함께 뛰어놀고 있었다. 천진난만한 소년의 얼굴을 하고서 말이다.

게다가 천둥이 치는 날, 동구를 집에 두고 출근을 할 수밖에 없었던 나를 대신해 차를 가져와 구조해(?) 집으로 데려가기도 하고 입이 심심할 거라면서 간식을 들려 보내기도 하셨다. 폭염에 더울까 봐 동구 전용 쿨매트를 사서 보내고 이제는 드라마 대신에 〈세. 나. 개〉나 〈동물농장〉 혹은 〈개밥 주는 남자〉를 시청하신다. 얼마 전에는 《우리 강아지 명견 만들기》라는 책을 읽는다는 이야기도 전해 들었다.

그 후로는 휴가를 가거나 일 때문에 집을 오래 비워야 할 때면 '개할범' 찬스를 쓰고는 했다. 덕분에 나는 혼자서 쓸쓸히 집에 남겨져 있을 동구의 모습을 떠올리며 걱정할 필요가 없어졌다. 이제 나는 더 큰 그림을 그리기 시작했다.

'아빠가 동구를 데리고 산책을 나가면 좋을 텐데.'

자고로 반려견과 친해지는 제일 좋은 방법은 산책을 함께 나가는 것! 둘 사이가 조금 더 돈독해지길 바랐다. 그래서 엄마를 통해 아빠에게 산책을 가야 비로소 주인으로 인정받는다며 바람을 넣기 시작했다. 그러던 어느 날, 나의 꼼수에 하늘이 감명이라도 받았는지 한 통의 메시지가 도착했다.

"동구랑 아빠 오늘 산책했다. 동네 한 바퀴 돌고 왔어."

그리고 최근 들어 나는 그 광경을 직접 목격할 수 있게 되었다. 동구를 데리고 아파트 단지 안을 구석구석 다니시는 아버지의 모습. 초록색 리드줄을 손에 쥐고 앞서거니 뒤서거니 하며 걷는 아버지의 모습. 밀당을 하듯이 너무 빨리 간다 싶으면 멈춰서 기다리게 하고 방향을 바꾸는 아버지의 모습. 그 뒷모습이 너무나도 어색했다. 태어나 단 한번도 본 적이 없는 모습이었다. 동구는 나보다 나았다. 자식인 나조차도 세상 밖으로 끌어내지 못했던 아버지를 불러냈으니까.

Small Tip

반려견과 놀아주기

반려견과는 어떻게 놀아주어야 할까?

개는 후각에 굉장히 민감하다. 볼 수 없는 상황에도 강아지는 냄새로 인기척을 알아낼 정도니 말이다. 그렇기에 반려견에게는 후각을 이용한 놀이가 굉장히 효과적이다. 이런 '노즈워크'를 위한 장난감을 시중에서 구입할 수 있는데, 내가 개인적으로 가장 즐겨 사용한 건 바로 담요였다. 많은 술들이 달려 있어 그 사이사이에 간식을 숨겨놓은 다음 바닥에 내려놓으면 냄새를 맡으며 찾아먹을 수 있다. 크기나 브랜드에 따라 가격대가 천차만별인데 중대형은 2~3만 원대면 충분하다. 요즘에는 '킁킁볼'이라고 해서 볼 형태로 되어 있어 굴리면서 찾아먹을 수 있는 제품도 있다. 돈을 들이지 않고 노즈워크 장난감을 만들 수도 있다. 종이나 종이컵 안에 간식을 넣고 구겨 놓아주면 거의 비슷한 효과를 볼 수 있다. 또한 견주의 체취를 느낄 수 있게 못 쓰는 양말을 이용해도 좋겠다.

만약 이갈이 시기라면 '터그놀이'를 통해 자연스럽게 유치를 빠지게 하고 에너지를 발산할 수 있게 하면 좋은데 이때에는 안 쓰는 수건 등을 이용해 반려견에게 물게 한 다음 밀고 당기며 놀아주면 된다. 하지만 사람도 선호하는 놀이가 제각각이듯 개들도 견종이나 개체의 성향에 따라 선호하는 놀이가 다를 수 있다. 일례로 우리집 강아지 동구는 공 던지기를 제일 좋아한다. 어릴 때는 노즈워크도 하고 터그놀이도 했지만 이제는 거들떠도 안 본다. 잠자는 시간을 빼고는 항상 공을 물어와 던져달라고 한다. 이렇듯 자신의 반려견이 선호하는 놀이가 어떤 것인지는 여러 가지를 시도해보며 관찰하는 게 좋겠다.

10월 어느 날

무리한 산책에 탈이 날 수도 있다

드디어 긴 연휴가 찾아왔다! 이 날을 어찌나 기다리고 또 기다렸
는지 나의 캘린더는 온통 빨간색 동그라미 투성이었다. 사실 글
을 쓰는 내게는 공휴일이나 휴가철이 반갑지만은 않다. 큰돈이
되지는 않지만 좋아하는 일을 업으로 삼고 있기에 쉬는 날은 내
게 일을 할 수 없는 강제(?) 휴업상태가 되기 때문이다. 게다가
이번 추석 연휴는 낄 것 끼고 더할 것 더해서 장장 2주에 달했다.
한 달의 절반을 일을 할 수 없는 상태가 된 것이다. 그럼에도 불
구하고 이때를 기다렸던 건 다름 아닌 캠핑을 갈 수 있기 때문이
었다. 동구가 자유롭게 자연 속에서 뛰놀며 마음껏 산책을 할 수
있는 유일한 기회! 운전을 못하는 나이기에 신랑이 필요했고 이
번 연휴는 그가 오랫동안 공식적으로 자리를 비울 수 있는 거의
유일한 기회였다. (헥헥…. 서두가 너무 길다…. 아무튼 같이 캠

핑을 갈 수 있게 되었다는 이야기~)

개에게는 집 밖으로 나가 냄새를 맡고 다른 동물들과 교감하는 게 매우 무척 아주 많이 중요하다. (글 쓸 때는 부사를 가급적 쓰지 말라고 배웠으나 이건 강조를 해도 모자랄 정도로 중요하기에 온갖 미사여구를 가져다 쓸 수밖에 없다) 반려견의 행동에 대해 빠삭한 전문가분들이 방송에서 수차례 말씀하신 것처럼, 개들은 다른 감각보다 훨씬 예민하고 뛰어난 후각을 마음껏 쓸 수 있는 기회가 주어지지 않으면 스트레스가 쌓이고 이게 행동으로 표출되기 때문에 함께 즐겁고 행복하게 살기 위해서는 산책이 필수이기 때문. 하지만, 똑같은 코스로만 다니다 보면 어느새 그 냄새가 그 냄새 그 코스가 그 코스 결국 그 밥에 그 나물인 꼴이 되어서 멀리 가든가 아니면 산책길을 바꿔주어야 한다. 그러한 연유로 우리는 휴일이 끼면 1박 2일 캠핑을 가는 거였더랬다.

이번 애견캠핑의 목적지는 한 달 전부터 이미 정해져 있었다. 산속 깊숙한 곳에 위치해서 자연을 맘껏 느낄 수 있고 애견사이트가 따로 펜스로 분리되어 있어 그 안에서는 목줄을 할 필요가 없는 데다가 강아지 친구들까지 만들어줄 수 있다고 했다. 정확히는 애견전용 캠핑장은 아닌데 구역이 나뉘어서 전용 캠핑장처럼 이용이 가능했다. 가격도 4만 원으로 저렴한 편이었고 각종 편의

시설도 깨끗하게 관리되어 있다고 해 이미 점찍어둔 상태였다. 고로 짐만 꾸려 떠나기만 하면 되는 거였다.

그런데 산중턱에 위치한 게 장점이자 단점이 될 수 있다는 걸 그 때는 몰랐다. 게다가 연휴였다. 고속도로가 제법 막혀 동구가 차 안에 머무는 시간이 길어졌다. 그간의 경험을 통해 멀미를 심하 게 하는 편이 아니라는 건 알았지만 이미 출발한 지 2시간 30분 이 넘어가고 있었다. 우리가 갔던 여정 중에 가장 먼 길이었고, 비포장도로를 한참 돌고 돌아 가파른 산길을 넘고 넘어야 해서 길은 험난하기까지 했다.

'괜찮을까?'

나는 동구를 안은 상태에서 계속 살폈다. 다행히 혀를 쭉 빼문다 든가 헉헉거린다든가 거품을 문다든가 토를 하는 이상증세는 보 이지 않았다. 다행이라는 생각이 들었다. 동구가 소화하기에는 다소 하드한 여정이었지만 잘 참아준 게 고마워 도착하자마자 짐을 풀고 물과 사료를 주었다. 우리는 열심히 텐트를 치고 이른 저녁을 준비했다. 듣던 대로 캠핑장은 공기부터가 달랐다. 게다 가 다소 허술해 보이긴 하나 튼튼한 펜스까지 쳐 있어 오갈 때 더 없이 편리했다.

'최첨단이 전부가 아니라니까.'

귀중한 깨달음을 얻고 고개를 끄덕거리며 식사를 준비하기 위해 개수대를 몇 번이고 오가는 동안 동구는 역시 가만히 있지를 않았다. 가볍게 인사를 하고 문을 닫고 나오는데 나를 쫓아 캠핑장 안을 달리기 시작하는 녀석! 게다가 성견이 되고 나서는 한번도 짖은 적이 없는데 하울링을 하며 철창을 사이에 두고 빠져나오려고 안간힘을 썼다. 한 겹은 뚫었으나 마지막 한 겹을 결국 뚫지 못해 안달복달하는 녀석을 보며 나는 한번도 느낀 적이 없는 이상한 기분에 휩싸였다. 장난 삼아 반 농담 삼아 가슴으로 낳은 자식이라고, 내가 아닌 신랑을 닮아 갈색 피부를 가지고 태어났노라고, 말하고 다녔는데 정말이지 나를 애타게 부르고 찾고 쫓는 모습을 보고 있자니 나의 피붙이이자 반쪽 같다는 생각이 드는 거였다. 마음이 몹시 뭉클해져서 얼른 그릇을 씻고 나왔는데 나왔는데 나왔는데 동구는 사라지고 없었다. 딱 거기까지였던 거다.

'쿨한 녀석.'

밀려왔던 감동이 썰물처럼 빠져나가는 순간이었다.

캠핑장 근처에는 자그마한 개울도 하나 있었다. 우리가 방문했을 때는 물의 양이 적었고 날씨도 쌀쌀해 물놀이는 할 수 없었지만 여름이라면 정말 좋았을 것 같다는 생각이 들었다. 그리고 노랗게 빨갛게 때로는 주황빛으로 물든 나무가 지천에 널린 자연에 둘러싸여 있자니 약간의 고생을 보상받는 기분이었다. 이날 처음으로 도전한 캠프파이어도 성공적이었다. 그간 화로가 없어 (또는 살 돈이 없어 혹은 살 돈이 아까워) 한번도 불을 피우지 못했는데 거금 만 오천 원을 들여 화로대와 장작 한 꾸러미까지 빌렸다.

어두컴컴해질 무렵 잔가지와 장작을 이용해 불을 붙이니 더욱 환상적이었다. 타닥타닥 하는 소리와 함께 타들어가는 장작에서 풍기는 나무 내음은 편리한 번개탄이나 일회용 가스로는 흉내낼 수 없는 아름다움이 있었다. 산속이라 와이파이가 터지지 않았지만 미리 준비해온 노트에 색연필로 풍경을 열심히 담았다. 불길도 나무도 그리고 동구도. 거기에 재즈음악까지 살짝 틀어놓으니 그렇게 좋을 수가 없었다.

"세 번째가 되니까 점점 완벽해지는 것 같아."

첫 번째 애견캠핑은 너무 추운 탓에 실패.

두 번째 애견캠핑은 전용캠핑장이 아니라 실패.
하지만 이번만큼은 절반의 성공이 아니라 대성공 같았다. (그게 아님이 나중에 밝혀지지만)

그렇게 만족스러운 밤을 보내고 아침이 되었다. 새소리와 정다운 개소리(?)와 함께 일찌감치 눈을 떴는데 뭔가 이상했다. 밖에 다 놓아둔 냄비 뚜껑이 열려 있었던 것이다. 그 속에는 어제 먹다 만 갈비찜이 있었다. 국물과 기름이 뒤엉켜 있어 혹시나 하는 마음에 뚜껑을 잘 덮어두었는데….

'설마, 동구가 먹진 않았겠지?'

생각보다 움직임이 적었고 유난히 잠을 많이 자는 것 같았던 동구의 행동을 보자니 의심은 갔지만, 나름 재미있게 놀고 있는 것 같기도 해 안심하고 짐을 챙기기 시작했다. 옆 텐트의 하얀색 몰티즈 친구와 냄새를 맡으며 놀다가 반대편 텐트의 닥스훈트와도 인사를 나누는 모습을 보고 있자니 괜한 걱정을 했나 싶었다. 그렇게 장장 1박 2일간의 긴 산책은 끝이 났다. 집에 돌아와서는 피곤한 탓에 우리는 낮잠을 퍼질러 잤다. 그런데 깨어나 보니 동구가 설사를 잔뜩 해놨다. 요에다가는 토까지 했다. 그렇지 않아도 집에 돌아와 줄곧 잠만 잔 게 무척 이상하던 참이었다.

"어떡하지? 멀미한 게 맞나 봐. 어제 그 갈비찜 국물도 먹은 것 같아. 너무 뜨거운 고기를 줬나? 간이 셌는데. 비계도 있고."

나는 황급히 남편을 깨웠다. 뒤처리를 하고 동구를 안심시킨 뒤 응급처치로 설탕물을 먹이고 황태를 푹 고아 먹였다. 인터넷에서 지혜를 좀 빌려보니 설사를 했을 때 피가 섞여 나오는 것과 섞여 나오지 않는 게 큰 차이가 있다고 했다. 혈변을 보지는 않았기에 경과를 두고 보기로 했다. 다행히 동구는 점점 나아지는 듯했다.

그런데 며칠 뒤, 아침에 일어나 보니 동구가 꿈쩍을 하지 않았다. 놀란 마음에 택시를 불러 타고 씻지도 이동장도 챙기지 못한 채 멍한 녀석을 품에 안고 병원으로 향했다. 그야말로 혼비백산한 상태였다. 6.7kg에 달하는 동구를 품에 안고 긴 줄을 서서 기다린 끝에 진찰을 받을 수 있었다.

"속이 안 좋네요. 밸런스를 맞추기 위해서 주사를 놔드릴 거예요. 약간의 열도 있어서 그것도 잡아줄 거고요. 심한 건 아니에요. 좋아질 때까지는 고기는 절대 먹이면 안 되고 이틀 정도 더 지켜보신 다음에 호전되지 않으면 병원에 다시 오세요."

그렇게 경험 많은 의사 선생님의 충고를 듣고 주사도 세 방 맞힌
뒤 집으로 돌아왔더니 동구는 그제야 좀 움직이기 시작했다. 그
리고 설사 대신에 정상적으로 변을 보기 시작했다. 생각해보면
다 동구를 위한다고 떠났던 먼 여행길이 다소 부담이 되었던 듯
싶다. 앞서 내가 걱정한 그 모든 게 복합적으로 작용했던 것도
같다. 동구에게는 다소 추웠고 멀미도 좀 났고 음식도 이것저것
주워 먹어서 속도 좋지 않았던 게다. 다행히 큰 탈은 나지 않았
지만 이번 경험을 통해 뼈저리게 배웠다. 아직은 천천히 느긋한
산책을 해야겠다는 걸. 너무 큰 욕심과 기대로 무리해서는 안 된
다는 걸 말이다.

10월 어느 날

너와 나의 사계절

1년 전 이맘때가 기억난다. 날씨가 쌀쌀해지고 빨간 단풍이 들어갈 무렵 아주 작은 생명체를 품에 고이 안고 집으로 돌아왔다. 그때의 나는 너무 철이 없었고 게을렀고 무지하기까지 했다. 소화를 잘 시킬 수 있게 사료를 물에 불려 먹이는 일도 배변을 가리는 훈련을 시키는 것도 시도 때도 없이 앙앙 깨무는 걸 이해할 깜냥이 못 되었다. 그렇게 맨땅에 헤딩하듯 이 모든 건 지나갈 거라는 참고 버티는 정신 하나로 동구를 키웠다.(고 생각하지만 실은 같이 큰 거나 다름없다)

분명 그간 텔레비전을 통해 접한 개라는 존재는 조건 없는 사랑을 주고 충성스럽고 착하기만 했다. 그렇기에 현실과 이상의 괴리를 좁히기가 쉽지 않았던 것 같다. 남들이 보기만 해도 꺅 소리를 내는 지구상에서 초특급으로 귀여운 생명체를 품게 되었음에도 불구하고 (콩깍지에 썬 견주의 착각일 수도 있지만) 고마워하기보다는 후회와 자책 그리고 반성을 반복하기 바빴다. 그런 내게 강아지를 먼저 키운 대선배님들은 (주로 시장이나 슈퍼마켓에서 우연히 마주친 분들) 그런 시절은 곧 지나간다며 나중에는 이때가 그리울 거라고 했다.

"일 년만 참아봐. 그때부터는 사람보다 낫다니까. 딱 지금이 힘든 시기지. 집에서 개 한 번도 안 키워봤으니 당연한 거야. 애 키우는 거랑 똑같다니까."

반신반의하며 그 말을 흘려들었는데 일 년이 조금 더 지난 지금, 나는 그 말이 사실이었음을 깨닫는다.

그릇에 얼굴을 파묻고 사료를 허겁지겁 먹던 폭풍 성장기가 지나가고 동구는 이제 밥투정을 하며 끼니를 건너뛰고 단식투쟁을 한다.
발가락을 자꾸 물어 집안의 양말이란 양말은 죄다 뜯어놓던 질풍노도의 시기가 지나가고 동구는 이제 양말에 사료를 넣어 던져도 반응이 없는 지경에 이르렀다.
소파의 천을 물고 뜯고 솜을 파헤쳐 못쓰게 만들던 파괴자가 이

제는 새 소파 위에서 얌전히 잠을 자고 가끔은 배를 발라당 보여
주며 애교를 부리기도 한다.

내가 외출하려고만 하면 문을 긁으며 낑낑대더니 이제는 멀찌감
치 서 쳐다보기만 할 뿐이다.

헛짖어서 나를 노심초사하게 만들더니 이제는 짖는 법을 잊어버
렸나 싶을 정도로 조용하다.

차를 타지 않으려고 기를 쓰며 힘을 주던 녀석이 이제는 창문 너
머로 고개를 내밀고 바람을 느끼며 드라이브를 즐긴다.

정말 거짓말같이 일 년 사이에 동구는 말을 잘 듣는 순하고 착한
강아지가 되었다.

그 세월만큼이나 우리에게는 많은 추억이 쌓였다. 그중에서도
동구와 사계절의 변화를 산책하는 길 위에서 오롯이 느낄 수 있
었다는 게 가장 큰 기쁨이다. 사실 요 녀석을 만나기 전에는 세
상이 어떻게 흘러가는지 주위가 어떻게 변해가는지 무감각했다.
어린 시절 가만히 들여다보던 개미도 책 사이에 넣어 말리던 낙
엽도 관심 밖이었다. 살랑살랑 부는 바람이 얼마나 상쾌한지 양
지바른 곳에 가만히 내리쬐는 햇빛이 얼마나 따스한지 잊고 지냈
다. 그런데 그 모든 걸 동구와 산책을 다니기 시작하면서 알게 되
었다. 아니, 기억을 되찾았다는 게 적절한 표현일지도 모르겠다.

한국의 사계절은 이제 거의 없어진 거나 마찬가지라고 한다. 봄
과 가을은 굉장히 짧아졌고 반대로 여름과 겨울은 더욱 매서워
지고 길어졌다. 하지만 산책길 위에서는 아주 미묘하게 계절이
흘러가고 있음을 바뀌어가고 있음을 여전히 느낄 수 있었다. 일
단 내가 찾는 커피부터가 그랬다. 봄에는 달달하고 산뜻한 느낌
의 민트모카를 마시다가 여름이 되면 아이스 아메리카노만 찾았
다. 그러다 가을바람이 불기 시작하면 오곡라떼와 같이 구수한
게 당기고 겨울에는 따뜻한 카페라떼가 그렇게 좋을 수가 없다.

그것뿐이랴? 옷차림만 봐도 알 수 있다. 봄에는 트레이닝복 차림
으로 다니다가 여름에는 반팔 티에 반바지 그리고 삼선 슬리퍼
를 신고 동네를 누비다 가을이 되면 운동화에 후리스를 챙겨 입
는다. 겨울이면 동구가 물어뜯어 솜이 살짝 삐져나온 패딩을 입
고 마스크를 한다. 가끔 머리가 시릴 때는 털모자도 쓴다.

나만 변할쏘냐? 동구도 그렇다. 봄에는 흩날리는 벚꽃을 향해 달
려들며 혀를 날름날름거리던 녀석이 여름이 되면 혀를 쭉 빼물
고 헉헉대며 물을 찾는다. 가을이 되면 몸을 떨어 꿀벌옷을 입히
게 하고 겨울이 되면 사시나무 떨 듯하여 강아지용 패딩을 꺼내
게 한다.

계절이 어떻든 간에 동구와 함께 거닐 수 있다는 것만으로도 감사해야 하지만 봄, 여름, 가을 그리고 겨울 중에서 나도 동구도 봄을 제일 좋아한다.

우선, 낮에 산책을 할 수 있어 구경하는 맛이 있다. 특히 동구는 더욱더 그런 듯하다. 낮 산책을 할 때의 동구의 움직임은 굉장히 부산스러우면서도 굉장히 자연스럽고 굉장히 설레어 보인다. 또한, 동네 강아지 친구들을 만날 수 있어 즐거움이 배가 된다. 봄에는 대부분 2시에서 3시 사이에 산책을 나오기 때문에 견주는 견주대로 삼삼오오 모여 이야기를 나누고 강아지는 강아지대로 서로 쫓고 쫓기며 신나게 논다. 마지막으로, 날씨가 온화한 덕분에 동구와 함께 벤치에 앉아 지나가는 사람들을 지켜보기도 하고 가끔은 간식을 사와 먹는 재미도 쏠쏠하다. 특히 주말이면 신랑과 함께 동네 공원에서 열리는 비공식 개정모에 참석할 수 있어 좋다.

물론, 전적으로 나만의 착각일 수도 있다. 여름밤 고양이를 찾아다니며 날뛰던 동구의 모습을 떠올려보면 딱히 계절에 구애받지 않는 것 같기도 하다. 겨울에는 강아지들이 그렇게 좋아하는 흰 눈이 폴폴 내리니 오히려 그날을 손꼽아 기다릴지도 모른다. 하지만, 나 역시도 그렇다. 봄이 좋기는 하지만 그냥 동구와 함께

할 수 있다면 그게 낮이건 밤이건 새벽이건 (그건 좀 무섭겠다) 춥건 덥건 (영하 20도 이하 영상 40도 이상은 사절) 좋다. 사계절을 함께 맞이할 수 있는 존재가 있다는 것만으로 마음 한구석이 뭉클해지는 것 같다. 그리고 앞으로도 백 번은 더 아니 영원히 이 계절의 변화를 계속 함께 느낄 수 있었으면 좋겠다. 그러려면 동구도 나도 건강하고 오래 살아야겠지. 아프지 말자, 행복하자.

11월 어느 날

만지지 마세요

무척 두렵다. 요사이 무서운 것도 많고 걱정되는 것도 많아 밖에
나가기가 두렵다. 갑자기 왜 그러느냐고? 그건 바로 요즘 분위기
때문이다. 반려견이 사람을 물어 다치게 한 사건사고가 부쩍 자
주 뉴스에 오르내리면서 산책 나가기가 꺼려지기 시작했다. 사
람들이 변했다. 나도 변했다. 변하지 않은 건 오로지 동구뿐이
다. 확연히 달라진 사람들의 태도가 느껴진다. 그전에는 리드줄
을 하고 밖에 나가면 대다수는 호의적인 태도를 보였다.

"어머, 귀엽다."
"인형같이 생겼어요. 몇 살이에요?"
"저거 봐봐. 멍뭉이야 멍뭉이."
"한 번 만져봐도 돼요?"

그러면 나도 기쁜 마음으로 동구인 척 목소리를 내어 인사를 하고 답례를 하곤 했다. 그런데 그런 사람들이 변했다. 리드줄을 팽팽하게 쥐어 맸음에도 불구하고 따가운 눈초리를 보낸다.

'저러다가 달려드는 거 아니야?'
'앞발을 드는 게 물려고 하는 거 아니야?'
'줄을 더 짧게 잡아야 할 것 같은데?'

그 눈빛에는 이런 뜻이 담겨 있는 것만 같아 마음이 아프고 슬프고 내 몸도 따라 움츠러든다.

사실 이런 변화가 나쁜 것만은 아니라고 생각한다. 그동안 리드줄을 풀어놓고 산책을 시키는 견주들을 종종 봤으며 그게 사고로 이어질 수도 있다는 생각을 하긴 했다. 그럼에도 불구하고 충고나 조언을 건네지 못했다. 사실 초보 견주라 그럴 자격이 되지 않는다고 생각했다. 어쨌든 방관을 한 꼴이나 다름없으니 지금 이러한 상황에서 자유롭지 못하다는 걸 뼈저리게 느낀다. 하지만, 불특정 다수에게 의심과 질타의 눈초리를 받는 게 속이 편치만은 않다. 그래서 조금 더 짧게 리드줄을 잡고 엘리베이터를 탈 때면 반드시 동구를 안거나 우리 둘 뿐인 경우에도 바닥에 내려놓았더라도 엘리베이터가 설 때마다 동구를 다시 안는다. 길을 걸을 때도 맞은편에 사람이 가까워지면 차도로 살짝 내려서거나 길을 건너 산책을 이어가기도 한다.

사실 이렇게 하는 데는 오히려 반려견이 뜻하지 않는 피해를 입거나 오해를 사는 경우를 막기 위함도 있다. 강아지를 키우면서부터 관련 커뮤니티나 SNS 계정에 가입하거나 팔로잉하게 되다 보니 곤란한 처지에 놓인 견주나 사건을 많이 보게 된다. 나쁜 마음을 먹고 의도적으로 개에게 다가와 놓고는 상처가 생겼다며 치료비를 요구하거나, 괴롭힘을 당하던 개가 방어하려고 일어나거나 밀친 것을 공격해 큰 상해를 입었다고 고소한 경우가 그 예다. 심지어 그 장소에는 CCTV가 설치되어 있어 전후 상황을 객관적으로 판단할 수 있는 증거가 있는데도 말이다. 천만 원에 달하는 합의금 때문에 일상생활을 제대로 하지 못하는 견주를 보면서 사람에게도 동물에게도 참 버겁고 힘든 일이라는 생각을 했다. 하지만 나는 차마 그 어떤 액션도 취할 수가 없었다. 사실, 우리나라에는 아직까지 반려동물을 위한 견주를 위한 또는 이로 인해 벌어지는 사고를 처리하기 위한 법률적 근거가 제대로 마련되어 있지 않기 때문이다. 그 때문에 개를 키우는 사람들과 그렇지 않은 사람들 간의 감정의 골만 깊어지는 것 같고 불신이 쌓여가는 것만 같다.

쓰다 보니 생각보다 심각해지고 딱딱하기만 한 것 같아 마음에 걸려 이제야 내가 하고 싶었던 산책 이야기를 해보려고 한다. 그리고 이게 서두를 저렇게 시작할 수밖에 없었던 이유이기도 하다. 며칠 전이었다. 너무나도 피곤해 산책을 쉴까 하다가 그날도 동구가 너무나 애처로운 눈빛으로 나를 바라보기에 땅거미가 슬슬 질 무렵 집을 나섰다. 날씨가 제법 쌀쌀한데 후리스 하나만 걸친 상태라 약간 추워 앞섶을 여미고 동네 어귀를 빠져나가려고 하는데 아저씨 한 분이 반대편에서 걸어오고 계셨다. 다른 길이 있었다면 돌아갔을 텐데 그 정도로 넓지 않아 턱을 내려와 피해서 가려고 하는데 반색을 하시며 우리를 향해 달려오시는 게 아닌가?

'왜 저러시지?'

낮이었다면 표정을 통해 반기는 건지 아니면 그저 걸음을 서두르는 건지 분간이 가능했을 텐데 어두운지라 판단을 할 수 없었다. 그래서 앞으로 나아가지도 뒤로 후퇴하지도 못하고 어정쩡하게 서 있는데 아저씨가 동구를 향해 몸을 숙이며 아는 척을 하셨다.

"아이코, 요 녀석."

동구의 목줄을 바짝 끌어당겨서 아저씨와 접촉을 하는 것을 막았으나 아저씨는 바짝 몸을 붙이면서 손을 내미셨고 동구는 나의 타들어가는 속을 아는지 모르는지 반갑다며 꼬리를 막 흔들기 시작했다.

"이러지 마, 동구야."

나는 불상사를 막고자 필사적으로 둘을 떼어놓으려는데 아저씨가 먼저 손바닥을 내밀어 동구에게 하이파이브를 시도했다. 그 몸짓이 능숙해 개를 키우는 것 같다는 생각이 들었지만 안심할 수 없어 다시 한 번 막아섰다.

"몇 살이에요? 녀석 반갑다고 아주 난리네. 짖지도 않고 엄청 순한데?"
"한 살이에요."

대답을 하면서도 나는 경계의 끈을 놓지 못했다.

"애기네 애기. 뛰어놀고 싶어서 그러지? 어이쿠. 요놈들 한창 활동력이 왕성할 시기지. 좋을 때네."

그 말을 듣고 있자니 이 아저씨를 왠지 만난 적이 있는 것 같다는 생각이 들었다. 그리고 예전에 아파트 단지 앞에서 눈이 잘 보이지 않는 나이 든 푸들을 안고 있던 아저씨가 생각났다. 나랑 둘이 한참을 서서 이야기도 나눴더랬다. 그때 나는 선배 견주(?)를 만났다는 반가움에 이것저것 물어봤는데. 같은 종족을 만나 반가움에 날뛰는 동구에게 어르신이라며 나대지 말라고 했었는데. 그게 이제야 기억이 났다. 아마, 아저씨는 나를 기억하고 계셔서 (아니라면 동구를) 다가오신 거였을 텐데 그걸 오해하다니. 미안함을 넘어서 민망하기까지 해 얼른 인사를 하고 자리를 떴지만 영 마음이 찝찝했다. 동구를 반기고 예뻐해주는 사람조차 경계를 할 수밖에 없다는 게 그저 서글펐다.

이건 시간의 문제다. 인식 변화의 문제다. 개와 함께 살아가는 사람과 그렇지 않은 사람 간의 이해가 깊어지고 제도적으로 뒷받침이 되면 우리는 의심의 눈초리를 거두고 경계심을 풀고 함께 살아갈 수 있다. 그날이 올 때까지 나 역시도 한 사람의 견주로서 숨지만은 말아야겠다. 목소리를 내고 액션을 취할 거다. 그래야 나도 동구도 온전히 즐겁고 행복한 산책을 할 수 있을 테니까 말이다.

어서 와, 차이나타운은 처음이지?

인생에서 딱 하나 후회스러운 것이 있다면 뭘까, 생각해봤는데 도저히 답을 할 수 없었다. 그 이유는 너무 많아서…. 그래서 범위를 좀 줄여봤다. 그렇다면 최근 일 년 내에 가장 후회되는 일이 있다면? 이 질문에는 답이 퍼뜩 떠올랐다. 그건 바로, 결혼식장에 동구를 데려가지 않은 일이다. 그때만 해도 나는 '300만 원으로 결혼하기'라는 꽤 높은 난이도의 프로젝트를 진행하는 중이었던 터라 동구까지 신경을 쓸 여력이 없었다. 어른이 하자는 건 거의 다 안 하고 어른들이 말하는 건 거의 다 안 듣고 남들의 눈은 거의 신경 안 쓰고 결혼을 준비하다 보니 본식 날 동구를 데리고 입장하겠다는 아이디어는 차마 입 밖으로 내기조차 쉽지 않았다. 하지만 내가 누군가? 말 안 듣는 거라면 세상에 둘째가라면 서러운 미운 오리 새끼 아닌가. 그래서 슬쩍 엄마의 의중을

찔러보았다.

"엄마, 동구 데리고 결혼식장에 입장하면 어떨까?"
(끝이 매우 흐려졌다)
"뭐?"
(분명히 들었으나 듣지 않은 척하신 게 분명했다. 이 말의 속뜻
은 '말 같지도 않은 소리 한다' 는 것이라는 걸 찰떡같이 알아들
었다)
"아니, 뭐 해외에서는 키우던 강아지 데리고 같이 들어가던데?"
(이때는 거의 속삭이듯이 말했다)
"아휴, 너 그날 얼마나 정! 신! 없! 는! 데!"
(젠틀하지만 매우 단호한 말투였다)

나는 그렇게 포기를 선언했다. 너무나도 앞서간 생각이라는 걸
인정할 수밖에. 그리고 이는 본식이 끝나고 나서 책을 내고 그리
고 독자들을 만나는 와중에도 끝내 아쉬움으로 남았다. 또한 일
년 가까이 된 지금까지 뼈에 사무친 후회로 남았다. 무엇보다 우
리가 가까운 사람들 앞에서 사랑의 언약을 속삭일 때 앞으로 적
어도 19년은 (나의 희망사항은 천 년이지만) 나와 신랑에게 가
장 가깝고 소중한 존재가 되어줄 동구가 집에 혼자 덜렁 남겨졌
다는 게 마음에 걸렸다. 동구는 정말이지 그 자리에 있을 자격이

충분했는데.

하지만 식은 끝났고 매일 밤 후회와 아쉬움으로 이불킥을 해봤자 달라지는 건 없지 않은가. 나의 마음만 아플 뿐. 그렇다고 다시 시간을 돌려 결혼식을 한 번 더 하기에는 그 과정이 너무 하드코어해서 엄두가 나지 않았다. 그러던 중 우리의 결혼기념일이 얼마 남지 않았음을 깨달았다.

"우리 뭐 하면 좋을까?"
"동구랑 어디 갈까?"

침대에 누워 우리 둘은 장장 이 주 동안 일 년을 기념하는 날 어디에서 무엇을 할지 생각하고 또 하고 또 하고 또 하다가 그냥 곯아떨어졌다.

반려견을 데리고 가기 좋은 숙소
반려견을 데리고 가기 좋은 여행지
애견동반 펜션

등의 검색어를 초록창과 노란창에 수없이 쳐봤지만 딱히 마음에 드는 게 없었다.

'뭔가 특별한 게 없을까?'

그러다가 우리가 셀프로 대충 찍고 넘어간 웨딩스냅이 생각났다. 돈을 들이지 않았으니 이번에야말로 제대로 된 사진을 남기는 것도 나쁘지 않을 것 같았다. 야외촬영을 하기에는 날씨가 쌀쌀할 것 같아 실내에서 촬영을 하기로 했다. 그러던 중 우연히 데이트를 하러 갔다가 흑백사진관을 발견했다.

"이거야! 이거! 동구랑 이거 찍자!"

입간판에 붙어있는 사진은 장당 5천 원이라는 저렴한 가격이 믿어지지 않을 정도로 퀄리티가 좋았다. 문제는 이제 단 하나. 반려견을 데리고 촬영을 할 수 있느냐,였다. (슬프게도 강아지를 데리고 들어갈 수 없는 사진관도 있다) 그런데 웬걸, 강아지는 인간의 친구라며 가능하다는 거였다. 그렇게 우리는 결혼기념일에 부부사진이자 가족사진이자 동구가 주인공이 될 흑백사진을 찍기로 결정했다.

당일 날 오후, 나와 신랑은 어떻게 나오든 상관없이 동구가 예쁘게 잘 나와야 한다며 빗으로 빗기고 손수건을 목에 둘러 포인트를 주었다. 사실 동구는 순박한 게 매력인지라 지나친 꽃단장은 어울리지 않을 것 같았다. 그리고 차로 30분 거리에 있는 차이나타운에 도착했다. 주말 피크시간인지라 대기자 명단에 이름을 올렸더니 시간이 넉넉하니 산책을 하다 와도 된다고 했다. 그래서 동구 생애 처음으로 차이나타운 산책길에 올랐다. 약간 쌀쌀하긴 하지만 햇살도 좋고 돌바닥이라 걷기도 좋고 사람도 적당히 많아서 산책하기 좋았다. 늘 가던 길만 데리고 가는 것 같아 미안했는데 먼 곳까지 와서 그것도 약간의 이국적 경치를 가지고 있는 장소라니! 인천사람에게는 거기가 거기겠지만 바다와도 가깝고 여기저기 삼국지 벽화도 그려져 있고 공갈빵 냄새도 나고 자장면 냄새도 풍겨서 좀 다르지 않나 싶었다.

동구는 나의 의도와 바람대로 신이 나 여기저기 뛰어다니기 시작했다. 킁킁거리며 돌 냄새를 맡기도 하고 맞은편에 오는 사람들을 보며 꼬리를 살랑살랑 흔들기도 했다. 무엇보다 차 밑에 있던 새끼 고양이 두 마리를 보고 반가움에 호기심에 난리 법석을 떨었다. 덕분에 우리도 귀여운 아기 고양이를 보며 아빠미소 엄마미소를 지을 수 있었다. 차이나타운에 온 적은 많았지만 이렇게 자세히 길을 들여다보고 주위를 둘러본 건 거의 처음이지 않나 싶었다. 마음을 먹고도 볼 일이 없는 아주 작은 것들을 보는 건 이날 산책의 또 다른 덤이었다.

이제 드디어 촬영의 순간이 다가왔다. 포토샵이 되지 않는다는 말에 배에 힘을 주느라 긴장한 나처럼 동구도 밝은 조명과 카메라 때문에 긴장한 듯 보였다.

"자, 여기 보세요."

사진을 찍어주시는 작가님은 삑삑이로 동구의 시선을 빼앗았다. 그 사이 우리 둘은 번갈아가며 동구를 안고 포즈를 취했다. 한 번은 신랑이 한 번은 내가 안고 웃기도 하고 하트를 만들어 보이기도 했다. 그리고 그중에 제일 마음에 들고 잘 나왔다 싶은 사진 두 장을 골랐다. 이제야 한을 풀은 기분이었다. 정말 상투적인 표현이라 쓰기 싫지만 십 년 묵은 체증이 내려가는 기분이었다. 나와 신랑이 한 가정을 이루게 되었다고 선언하는 자리에 동구를 빼놓을 수밖에 없었던 미안함을 이렇게 달랠 수 있게 되다니. 이날 찍은 가족사진은 신혼집 거실 한쪽에 걸려 있다. 이걸 볼 때마다 우리는 두 사람이 아니라 세 사람이 되었음을 되새길 수 있을 것이다.

두 남자의 산책

주말마다 신랑과 나 그리고 동구 셋이서 여유롭게 산책을 즐기는 건 우리 가족의 소소한 행복 중 하나였다. 늘 단둘이서만 동네를 돌다가 손을 마주 잡고 커피를 들고 간식을 싸서 여유를 부리면서 길을 걸을 수 있다 보니 내가 가장 손꼽아 기다리는 시간이기도 했다. 그런데 일이 본격적으로 몰리는 시즌이 오면서 내가 주말까지 일을 하게 되는 바람에 셋이 한자리에 모이기 힘들어졌다. 마치 영화 〈업사이드 다운〉처럼 평일에 일하는 신랑과 주말에도 일을 하는 나는 서로 볼 수는 있지만 함께할 수는 없는 상황에 놓이게 되었다. 누군가는 배부른 소리라고 할 수도 있지만 그게 못내 아쉬웠다.

하지만 어쩔 수 없는 일 아니겠는가? 365일 혹은 열두 달 내내 그런 것은 아니니 잠시 동안의 이별은 참아야 하는 것! 그래서 주중에는 나 혼자서, 주말에는 신랑과 동구 단둘이서 산책을 하게 되었다. 내심 걱정이 되기는 했다. 평소에도 동구를 강하게 키워야한다고 생각하는 남편이 혹시라도 너무 터프하게 다루면 어쩌나하는 생각이 들기도 했고 너무 낙천적이고 여유로운 성격 때문에 사고가 날까 걱정도 앞섰다.

"걱정 마, 잘할 수 있다니까? 동구가 애기였을 때는 내가 더 많이놀아주고 돌봐줬잖아."
"그래⋯. 알았어. 그냥 요즘 분위기도 그렇고 조심할 게 많으니까. 단지 밖에서는 꼭 줄 좀 더 짧게 잡고, 지나가는 사람이랑 동구 발이 닿지 않게 해주고 어린아이들은 와서 막 만져볼 수도 있으니까 안 된다고 딱 잘라 말하고. 혹시라도 똥을 눌 수도 있으니까 배변 봉지는 꼭 챙겨. 알았지?"

그냥 쿨하게 보내주려고 했는데 끝내 당부가 길어졌다.

'그래, 신랑도 어른이고 어련히 알아서 잘 할 건데. 뭘 걱정해?'

하지만, 사람은 쉽게 변하지 않지. 나의 의심과 걱정은 그치질않고 둘의 뒷모습이 눈앞에서 사라질 때까지 아니 사라지고 나서도 계속되었다.

결혼 후에 신랑과 동구 단둘이서 보내는 시간은 정말 손에 꼽을 정도로 적었다. 그러다 보니 어느 순간 남편이 퇴근하고 와도 동구는 도통 반기질 않고 본척만척하는 지경에 이르렀다. 나를 볼 때면 우다다다가 기본 4회 이상인 데 말이다. 그래서 이런 시간을 통해서 좀 친해졌으면 하는 마음도 있었다. 게다가 아무리 개라지만 동구도 남자이니 둘이 뭔가 잘 통하는 게 있을 수도 있겠다 싶었다.

산책을 하는 방법이나 시간에는 사람마다 차이가 있겠으나 나는 짧게 하는 편이다. 한 번 나갈 때마다 대개 15분에서 30분 사이이며 그 이상 하는 일은 드물다. (만약, 개할멈이나 개할범이 함께라면 이야기는 달라지겠지만) 그런데 벌써 한 시간이 넘었건만 둘은 아직도 감감무소식이었다. 분명히 한 손에는 리드줄을 잡고 다른 한 손에는 간식을 들고 있을 테니 (내가 사 오라고 부탁했다) 전화를 받기도 어려울 터. 조금만 더 기다렸다가 안 오면 나가볼 참이었다.

그 순간, 삑삑거리며 문을 여는 소리와 함께 부자가 들어왔다. 어찌나 신나게 뛰어놀았는지 동구는 특유의 함박웃음을 짓고 있었다. 강아지가 웃는지 안 웃는지는 소리를 내지 않기에 정확하게 알 방법은 없으나 눈이 반달처럼 휘어지고 살짝 입이 벌어져 혀가 나온 상태면 웃는 거라고 들었다. 기분 좋아 보이면 웃는 거라고 생각해도 된다.

"왜 이렇게 오래 걸렸어? 길게 할 필요는 없는데."

"그냥 우리 맨날 가던 공원까지 한 바퀴 돌고 저 밖에까지 갔다가 왔지."

"별일은 없었고?"

"없었는데. 아참, 가다가 강아지 몇 마리 만났는데 동구가 신이 나서 막 달려가니까 피하더라고."

"그래? 동구가 헥헥 대면서 그러는 건 좀 고쳐야 하는데. 내가 맨날 그러거든. 그러면 친구들이 싫어한다고."

"그리고 사람들이 동구를 알아보더라."

"엥? 어떻게? 우리 단골집 갔었어?"

"아니, 그냥 밖에서만 산책했는데 동구 산책 나왔냐면서 막 아는 척하는 사람들이 많더라고."

"그래? 이름은 어떻게 알았대? 고거 참 신기하네. 자기가 말해준 거야?"

"아니, 그냥 막 알아서 부르던데?"

"난 이름 알려준 적은 없는데."

"자기가 이름 부르는 거 들었나 보지 뭐."

신기한 일이었다. 모르는 사람이 동구를 알아본다는 게. 게다가 이름까지 기억한다는 게 말이다. 그런데 그게 싫지 않았다. 전혀 상관이 없는 존재를 반긴다는 건 흔한 일이 아니니까. 그 와중에 애정까지 느껴지니까. 내 이름은 몰라도 동구 이름은 알아준다는 게 고맙고 뭉클하기까지 했다.

호기심이 많은 나의 성격을 아는 신랑은 더 캐물을까 봐 일부러 사진을 찍어왔단다. 그 사진을 보고 있자니 함께하지는 않았지만 둘이 산책하는 모습이 눈에 선했다. 빨간 낙엽을 헤치고 달리고 쿵쿵거리는 동구. 그 뒤를 쫓아가는 신랑. 이름 모를 강아지 친구. 동구의 이름을 부르며 인사를 건네는 사람들. 그 자리에 내가 없어도 충분히 성공적인 산책이었다. 다음번에도 둘만의 추억을 만들라고 자리를 비켜줘야겠다. 그때는 좀 더 안심할 수 있겠지.

반려견의 패션

나는 동구에게 옷을 자주 입히는 편은 아니지만 지금은 그래도 대여섯 벌은 가지고 있다. 간단하게 입힐 얇은 의류의 경우에는 다이소에서 구입하는데 생각보다 가성비가 좋다. 하지만 사이즈가 대체로 작고 다양하지 않은 편이라 중소형견 혹은 중형견을 키우는 견주라면 구매하기 힘들 수도 있다. 가짓수가 제일 많고 고르는 재미도 있는 건 뭐니 뭐니 해도 온라인 쇼핑몰이다. 특히 명절 때는 반려견용 한복도 구입할 수 있고 2~3만 원대 정도면 충분하다.

때로는 기성복 대신에 옷을 직접 만들어 입히기도 하는데 쉽지는 않다. 나는 손재주가 없는 편이라 엄마찬스를 주로 쓴다. 초보자라면 아동의류를 리폼하는 방법을 추천한다. 반려견과 비슷한 사이즈의 옷을 고른 뒤 소매를 자르거나 가운데를 절개해 지퍼나 단추를 달아 좀 더 입고 벗기 쉽게 바꾸면 된다.

하룻강아지 개이모 무서운 줄 모른다

무식하면 용감하다고 했던가. 아직 세상에 뭐가 무서운지를 잘 모르는 한 살짜리 강아지 동구. 그래서일까, 뭇사람의 오금을 저리게 만드는 대단한 포스의 소유자에게도 겁 없이 달려드는 사고를 쳐버렸다. 뭘 모르는 동구가, 보기만 해도 무릎을 절로 꿇게 만드는 개이모를 처음으로 만나게 되었다는 말이다. 사실 이 만남은 내가 제일 꺼리는 조합이었다. 좀 더 정확하게 이 상황을 설명하기 위해서는 우선 개이모가 어떤 사람인지 3n년 간 겪어온 나의 아주 지극히 편파적인 입장에서 이야기를 먼저 하는 게 좋겠다.

★ 주의 ★

개이모는 내 글에 언급되는 걸 별로 좋아하지 않는다. 그래서 가급적 생명에 지장이 없는 선에서 묘사를 하려고 한다. 그리고 최소한의 안전장치로 개이모는 정말 좋은 사람이라는 걸, 모범시민이자 성실한 사회인이라는 걸 밝혀둔다.

우리 집에서 내가 가장 무서워하는 사람이 있는데 그건 바로 우리 언니다. 그런데 신기하게도 온 세상도 이 분을 무서워한다. 나와 네 살 터울인 우리 언니는 같은 배에서 나왔다고 믿을 수 없을 정도로 정반대의 성격을 가지고 있다. 만약 게임에서 이런 캐릭터가 있다면 모든 걸 다 가진 몰빵 혹은 사기 캐릭터가 되시겠다.

먼저 외형적으로 보겠다. 키가 이미 160 후반인데도 힐을 즐겨 신으신다. (지금은 운전을 해서 덜 신는다) 그래서 몹시 더 커 보인다. 무표정을 즐겨 하며 가끔 내가 실없는 소리를 하면 웃는데 오히려 무섭다. 말수가 매우 적고 차분하다.

성격적으로 보겠다. 음, 매우 칼 같다. 비가 오건 눈이 오건 몸이 아프건 세상이 무너지건 해야 할 일은 해야 하며 약속한 건 반드시 지켜야 한다. 개이모 사전에 귀찮아서, 하기 싫어서, 안 하는 건 있을 수 없다. 새벽 3시에 잠들어도 일어나야 하면 두 시간 후에 칼같이 기상해야 한다. 나쁘게 말해 사정을 봐주지 않는다. 좋게 말해서 요령이나 핑계가 통하지 않는다.

일적으로 보겠다. 자기가 맡은 일에는 실수가 없어야 한다. 완벽하지 않다면 완벽할 때까지 실수를 수정해야 한다. 뭐든 맡으면 힘을 아끼지 않는다. 칭찬을 받아도 열심히 하지만 그렇지 않아도 열심히 한다. 책임자라 그런지 알아서 일을 한다. 내가 만약 사장이면 좀 무섭겠지만 개이모를 오른팔로 쓰겠다. 수장의 자리에 앉힐 수도… 있을 것 같다.

다 적고 보니 우리 동구가 딱 쫄기 쉬운 캐릭터다. 그래서 나는 가급적 이 둘이 만날 기회를 피했다. 하지만 우리가 핏줄로 이어진 이상 마주칠 수밖에 없는 때가 찾아올 수밖에 없는 것이다. 그리고 그날이 밝았다. 나는 어찌나 긴장을 했는지 온몸에 식은 땀을 흘리며 그 주 내내 악몽에 시달리다 잠에서 깼다. (사실 약간의 과장을 보탰다. 언어 표현이 구체적이고 풍부하다는 개할멈의 증언이 있으니 엄살이 좀 섞였다고 해도 무방할 것이다)

하지만 나도 이제 엄연한 어른. 그것도 개를 키우는 개엄마가 아닌가. 없는 용기를 모두 쥐어짜고 그러모아 집으로 향했다.

"동구야, 일이 여차해서 잘못되면 너만은 지켜줄게."

택시 안에서는 혼잣말을 중얼거려 기사님을 당황하게 만들고 집 근처에 도착해서는 괜히 서성거려 주민들에게 불편을 끼쳤다. 그러거나 말거나 발이 안 떨어지는 건 사실. 그런데 이게 웬일. 두려움을 곱씹을 새도 없이 내 앞에 선 세 명의 그림자. 바로 개할범, 개할멈 그리고 개이모였다. 너무 놀라 소리를 지르며 그렇게 서 있는 사이에 동구와 개이모의 첫 만남이 이뤄졌다.

"어디 가?"
"응, 안경 맞추려고 나오는 길인데. 어쩜 이렇게 딱 만나니? 좀만 늦었어도 빈 집에서 기다릴 뻔했네."

그렇게 동구는 개이모와 말 한마디 섞지 못하고 제대로 된 인사도 하지 못하고 (불행인지 다행인지) 집에서 우리를 잠시 기다리게 되었다. 안경을 맞추고 밥을 먹으면서도 둘의 정식 만남을 그리며 나는 좌불안석이었다.

이런 내 마음을 알 리가 없는 동구는 그 사이 사고를 쳤다. 테이블 위에 올려놓은 대홍시를 파먹은 것. 카펫이 얼룩덜룩해진 데다가 파편이 여기저기 떨어져 있어 얼른 치웠다.

"너, 개이모가 봤음 어쩌려고!"

계단을 채 오르기 전이라 다행이라고 생각했다. 그리고 본격적인 둘의 만남이 이루어졌다.

"엄마, 언니가 동구 막 꼬집거나 때리지는 않겠지?"
"야, 니네 언니가 왜 그렇게 하냐? 그렇게 생각하는 너가 정상이 아닌 거지."
"아니, 내 아들이니까 괜히 미워서 그럴 수도 있잖아. 내가 지은 죄가 많으니…."
"아니야, 강아지 좋아할 건데."

그런데 정말 황당하게도 처음 보는 개이모를 향해 동구가 아무런 망설임도 두려움도 없이 달려가 안기는 게 아닌가. 동구가 원래 낯을 잘 안 가리기는 하지만 이 정도는 아닌데 개이모의 품에서 마치 자기 세상을 만난 듯 난리가 났다. 그 광경을 보고 있는 나는 넋이라도 있고 없고 인데 언니의 반응이 더 당황스러웠다.

"일로 와봐."

그러면서 둘은 공을 던지고 받으면서 놀기 시작했다. 급기야 어디까지 교육이 되었는지 확인을 하며 동구를 조련하는 개이모.

"애, 손 주는 건 모르네?"

그러면서 "앉아"와 "기다려"를 반복해서 시키며 간식을 준다. 그걸 또 받아먹겠다고 안절부절못하면서도 참는 동구를 보고 있 자니 당혹스러울 뿐이다.

"애, 왜 밀당을 하지? 잘못 배운 거 아니야? 공을 바로 줘야지. 응?"

원래 동구는 공을 물어오면 한 번에 안 주고 장난을 치는데, 받아 주다가 모른 척하면 근처에 얌전히 떨구고는 다시 던지기를 기 다린다. 그런데 이걸 한 번에 파악한 개이모는 바로 주게 만들겠 다며 훈련을 시키기 시작했다.

'너, 잘못 걸렸다. 그동안은 아주 관대한 엄마 밑에서 큰 거야. 킬킬~.'

나는 그 광경을 보며 아주 조금 정말 아주 조금 통쾌했다.

"나 이제 갈게. 동구 내일 점심에 데리러 올게요."

안심하며 집을 나서는데 갑자기 개이모가 외출 채비를 한단다. 근처 슈퍼에 가서 야식을 사오는 줄 알았는데 리드줄을 동구 목에 채우며 개할멈까지 불러낸다. 나를 데려다줄 겸 동구산책을 시켜준다는 것이었다. 그러더니 그 둘은 첫 만남에 산책까지 해치워 버렸다. 줄을 잡고 옆에서 걷게 만드는 개이모를 쫄래쫄래 따라다니며 이리 뛰고 저리 뛴다. 나와 개할멈은 뒤에 서서 이야기를 하며 걷고 그 둘은 마치 '나 잡아봐라' 게임이라도 하듯 앞서거니 뒤서거니 하며 잡고 달리며 즐거운 시간을 보내는 것이었다.

"진짜 이상하다. 언니가 저런 사람이었어?"
"개랑도 잘 지내네. 너는 뭐 하러 쓸데없이 걱정을 하니?"

버스를 타고 손을 흔드는 그 순간에도 나는 이것이 현실인지 꿈인지 헷갈려 자꾸만 볼과 다리를 꼬집어 확인을 했다. 얼얼한 걸 보니 꿈을 꾼 건 아닌가 보다. 이튿날, 개할멈에게서 대충 이런 뜻의 메시지가 도착했다.

'어제 산책하고 집에 와서 니 언니가 화장실로 데려가 발도 닦아주고 아침에는 먹을 것도 챙겨주고 얼마나 예뻐했는지 몰라.'

그리고 며칠 뒤 조르고 졸라 사진 몇 장을 받았다. 개이모가 함박웃음을 지으며 동구를 껴안고 있는 모습이 담겨 있었다. 정말이었다. 개이모는 비록 사람에게는 아닐지언정 개에게는 관대했다. 이렇게 동구는 또 한 명의 가족이자 든든한 지원군을 얻었다. 그것도 앞으로 드라이브도 시켜주고 비싼 개옷도 사줄 통 크고 멋진 이모를 말이다.

12월 어느 날

겨울은 싫지만 난로는 좋아

드디어 체감온도가 영하로 뚝 떨어지는 겨울이 찾아왔다. 사계절 중에 봄, 여름 그리고 가을을 이미 경험했으니 이제 겨울만 남았다. 하지만, 나는 조금씩 온도계의 수온이 떨어지는 시점에서 (나의 나이가 태어난 시대가 드러나는 순간. 누가 요즘에 아날로그 온도계를 쓰겠냐마는, 그래도) 왠지 이번에는 산책길이 그리 녹록치 않을 거라는 불길한 예감이 들었다. 아니나 다를까, 칼바람이 두 뺨을 스쳐 마치 살이 에이는 듯한 날씨가 지속되자 동구와 나는 산책을 의도적으로 빼먹을 수밖에 없게 되었다.

야외에서 생활하던 개는 영상의 기온에서는 추위를 극도로 느끼지는 못한다고 한다. 하지만 이게 영하로 떨어지면 이야기가 달라진다. 그러니 조심할 수밖에. 혹시나 감기라도 걸려 앓게 된다

156

면 산책을 안 가느니만 못하는 결과를 낳을 게 뻔했다. 어쨌거나 이래도 걱정 저래도 걱정인 닝겐인 나와는 다르게 동구는 그저 산책길에 나서고 싶어서 난리가 났다. 보채기 신공을 보이는 녀석의 행동변화 3단계는 이렇다.

♥ 우선, 침대에 폴짝 올라와 문 쪽을 지그시 응시한다. (내가 알아차릴 때까지)
♥ 그다음, 내 눈치를 슬금슬금 보며 신발장 바로 앞 라인까지 전진한다. (내가 따라올 때까지)
♥ 마지막으로, 소심하게 문을 살살 긁는다. (내가 리드줄을 집어들 때까지)

이게 어느 순간 패턴으로 고착화되자 번번이 져주던 나도 고민을 하게 되는 것이다.

'이 날씨에 데리고 나가는 게 정말 맞는 거야? 동구야 놀고 싶어 그런 거지만 나는 그 결과를 이미 알고 있는데. 막아야 하는 게 맞지 않을까?'

몇 번은 정말 미안하게도 리드줄을 집었다가 다시 내려놓아 동구를 실망케 했다.

"엄마, 지금 간 보는 거예요?"

그 눈을 보고 있자니 이렇게 말하는 듯했다.

또 몇 번은 리드줄을 채우고 문을 열었다가 밀려드는 강풍에 다시 문을 닫고 리드줄을 풀어 동구를 절망케 했다.

"엄마, 한 번 칼을 뽑았으면 무라도 썰어야지요!!!"

온몸으로 항의하는 모습을 보고 있자니 이렇게 말하는 듯했다.

그래도 며칠씩 건너뛸 수만은 없어 옷을 입히고 나도 목도리로 챙챙 감고 길을 나서면 몇 초 지나지 않아 이내 후회하고야 마는 것이다. 하지만, 극한 기후가 되어버린 한국에 사는 이상 어쩔 수 없는 일. 그리고 산책을 반드시 해야 하는 강아지를 기르는 이상 어쩔 수 없는 일. 익숙해지는 수밖에 없다. 그때부터는 밀고 나갔다. 한 발 내딛고 추워서 바들바들 떠는 동구가 불쌍해 다시 안아주었다가 내려놓는 일이 있어도 우리는 전진하고 또 전진했다.

겨울 산책에 대한 불평불만만 늘어놓은 것 같아 또 다른 불평불

만을 늘어놓으려고 한다. (반전을 기대하신 분께는 죄송합니다) 아무리 장점을 찾아보려 애를 써도 코딱지만큼도 없다. 왜냐면 여름 산책의 경우에는 날씨가 매우 덥지만 풀과 나무는 푸르고 우거졌다. 들려오는 풀벌레 소리도 운치 있었다. 아스팔트는 무척 뜨거웠지만 그래도 흙바닥은 나쁘지 않았다. 덥다는 핑계로 물놀이도 할 수 있었다. 그 후에는 갈증이 난다며 맥주도 한잔할 수 있었다. 술을 못 마시는 날에는 아이스커피라도.

하지만 겨울에는 살풍경하다. 나뭇가지는 앙상하고 세상은 온통 회색빛이다. 아스팔트는 차갑고 흙바닥은 얼었다. 밖에 십 분만 서 있어도 울고 싶어지니 어디를 들러 뭘 산다는 자체가 말이 안 된다. 롱패딩의 마법을 빌려도 소용없다. 핫팩의 자애로움이 있어도 부질없다. 아, 겨울은 이렇게 잔인하다.

동구는 이제 날씨가 좀 춥다 싶으면 이미 울상을 하고 있다. 원래도 애처로운 얼굴이 더 슬퍼 보인다. 내 마음은 날씨 때문이 아니라 그 때문에 아리다. 일기예보를 잘 챙겨 보지 않던 나도 아침에 제일 먼저 날씨부터 확인한다.

그래서 동구와 짧은 산책을 다녀온 뒤에는 항상 옥수수와 보리를 넣어 물을 끓여 마신다. 녹색의 머그잔에 담아 호호 불며 얼은 손을 녹이다 보면 그래도 아직 낭만이 조금은 남아있구나, 그 래도 살 만은 하구나, 하는 생각을 한다. 미안한 마음에 동구에 게도 특식을 챙겨준다. 가끔은 신랑이 사다 놓은 황태를 고아 주 기도 하고 숨겨놓은 트릿을 꺼내 앉기만 하면 잽싸게 준다. 춥지 만 새시문을 잠시라도 열어 콧바람을 쐬게 해 주고 바깥 구경도 시킨다.

이렇게 아쉬움만 가득하던 어느 날, 개할멈과 개할범네 집에 가 게 되었다. 들어가기 전 단지 주변을 어슬렁거리며 마킹도 하고 냄새도 맡았다. 언 땅이지만 늘 가던 곳이 아니라 그런지 몰라도 동구는 신이 났다. 그리고 집 안으로 들어갔는데 강아지에게는 한없이 인자한 개할범(=개성자)이 난로를 들고 우리 방으로 건 너오셨다.

"이거, 15분 맞춰놓고 나간다. 동구 추우니까 틀어주는 거야."

야박하다는 생각도 잠시 할로겐 조명이 은은하게 방을 비추고 얼은 발이 따뜻해지니 잠깐의 자비가 그렇게도 고마울 수 없었 다. 그런데 이게 웬일, 15분이 지났음에도 불구하고 난로는 꺼지 지 않았다. 타이머를 보니 30분에 맞춰져 있었다. 사람만 좋을 쏘냐? 동구는 이미 난로 앞 명당자리를 차지하고 앉아서 떡실신

한 상태였다. 쿨쿨 낮잠을 자는 그 모습이 마치 아기 같아 나도 모르게 절로 미소가 지어졌다.

"엄마! 아빠!"

나만 보기 아까워 개할범과 개할멈을 서둘러 소환했다. 우리 셋은 동구를 중심으로 삥 둘러앉아 그 모습을 바라봤다. 은은한 조명. 상기된 표정의 개할멈과 개할범. 타임머신을 타고 과거에라도 돌아간 듯이, 시계를 거꾸로 돌려 시대를 거슬러 올라간 듯이, 동구를 바라보는 노부부는 어느덧 자식을 바라보는 신혼부부의 모습을 하고 있었다. 나는 그 모습이 경이로워 사진으로 남겨놓았다.

추운 건 정말 싫지만 그래도 이 모습을 볼 수 있어 좋다는 생각을 했다. 동구도 나도 겨울은 싫지만 난로는 좋은 것 같다. 이 날 이후로 나는 빨간 캠핑용 난로를 하나 구입했다. 아가처럼 잠든 동구의 모습이 보고 싶어서.

1월 어느 날

눈이 왔어요

강아지들은 눈을 좋아한다고 했다. 그래서 나는 눈이 오는 날을
기다렸다. 평소 거들떠도 안 보던 일기예보까지 체크하면서. 그
만큼 한껏 흥분한 들뜬 동구의 모습이 보고 싶었다. 원래 나는
눈이 오는 날에는 밖에 잘 나가지 않으려고 하는 편인데 지극히
개인적인 이유는 다음과 같다.

눈이 펑펑 내릴 때는 우산을 가져가야 하기 때문에 귀찮아서.
눈이 살살 내릴 때는 우산 쓰기가 귀찮아서. 고로, 막 감은 머리
가 축축이 젖어 들어 마치 소가 방금 핥은 것 같은 모습이 된다.
눈이 방금 다 내렸을 때는 길이 미끄러워 넘어질까 봐서.

사실 이 부분에 대해서는 아주 뼈아픈 경험이 있다. 평소에는 위

험한 길을 잘만 피해서 가던 내가 하루는 뭔가에 씌었는지 빙판 위에 발을 올려놓았는데 그만 미끄러져 정말 대자로 뒤로 발라당 넘어졌다. 그런데 쉽게 일어날 수가 없었다. 창피함이고 뭐고 그 순간 얼음덩어리와 내가 한 몸이 되어버린 것처럼 움직일 수도 아무 말도 할 수 없었다. 정신이 돌아왔을 때는 이미 엉덩이와 허벅지에 엄청난 고통이 가해지고 있었다. 다행히 롱패딩을 입고 있어서 (그후로 겨울철 유니폼이 되었다) 타박상을 입지는 않았지만 엄청나게 욱신거리는 몸을 이끌고 일을 하러 가 제정신을 차리기까지는 시간이 꽤 걸렸다.

여기에 그칠쏘냐? 강아지를 데리고 눈 오는 날 산책을 가면 분명히 구정물이 발에 잔뜩 묻어서 올 텐데 그러면 엘리베이터 안에서 앉았을 때 내 옷에 고스란히 묻을 테고 집 안에 들어가서는 물수건으로는 택도 없어 반목욕을 강제로 시키게 되니 동구도 싫고 나도 귀찮은 상황이 벌어지는 거다.

아무튼 다시 원래 이야기로 돌아와서, 귀찮거나 더럽거나 싫거나 말거나 나는 눈 오는 날의 강아지들의 짤을 떠올리며 흐뭇한 상상을 하고 있었다.

'인터넷에는 강아지들이 눈 속으로 아주 점프를 하던데. 혹시 동구도?

하얀 눈밭을 뒹굴며 활짝 웃는 동구의 인생 사진을 건질 수 있을 것 같아 설레기까지 했다.

'카메라도 챙겨서 나갈까?'

잠깐 삼천포로 빠지자면, 내게는 평소 소비습관과는 전혀 어울리지 않는 비싼 카메라가 하나 있다. 몇 해 전, 축구장을 누비며 취재를 할 적에 폰카의 한계를 느껴 구입한 (실은 프로처럼 보이기 위한) 하이엔드급 디지털카메라가 있다. 하지만 사진작가님과 한 조를 이뤄 인터뷰를 나가면서 맛집 리뷰용으로 전락하고 말았더랬다. 그런데 지금 그게 필요할 것 같았다.

♥ 축구선수에 버금가는 미친 활동력
♥ 축구선수에 버금가는 미친 활동반경
♥ 축구선수에 버금가는 순간 엽사력

등을 고려해봤을 때 눈이 오는 지금 이 순간에 필요한 건 카메라인 듯했다. 그래서 나는 이걸 목에 걸고 생떼를 부리는 동구를 진정시키며 패딩을 입히고 배변봉투까지 챙겨 집을 나섰다.

하지만, 나의 준비가 무색하게 셔터를 누르니 배터리가 없다는 표시가 절망케 했다. 안 하던 짓 하면 이렇게 된다.

어쨌든 이리 가든 모로 가든 산책만 하면 되는 것! 과감히 하얀 세상으로 우리는 발을 디뎠다.

'엥? 애 왜 이래?'

두 번째 반전. 동구는 눈을 보고 요동치지 않았다. 앞발을 손처럼 허우적대며 앞으로 가려는 모습이 평소와 비슷했다. 그리고 원래대로 다른 개들의 똥냄새를 맡으며 정보를 수집하고 오줌을 찔끔거리며 영역표시에 열을 올렸다.

궂은 날이나 비가 오는 날이나 눈이 내리는 날이나 그저 비슷한 극성맞은 일상일 뿐이었다. (기대를 한 내가 바보지…쯧!)

그래도 하얀 눈이 소복이 내려앉은 땅 위에 선명히 찍힌 동구의 발자국을 보니 흐뭇하긴 했다. 마치 도장을 꾹꾹 찍어놓은 것 같아 귀엽게 느껴졌다. 코끝에 묻은 눈가루도 꼬리에 달라붙은 얼음조각도 동구와 제법 잘 어울렸다.

'춥지는 않을까?'

감기에 걸리지는 않을까 걱정되었지만 떨거나 기침을 하지 않아 충분히 놀게 내버려두었다.

"이제, 들어가자."

리드줄을 잡고 집을 향해 발걸음을 옮기는데 못내 길지 않은 산책이 아쉬운가 보다.

"옜다, 보너스."

십여 분을 더 놀게 해주고 유리문을 열고 건물 안으로 들어섰는데 이게 웬일, 갑자기 부들부들 떤다.

"이거 이거 아주 꾀를 부렸고만!"

추운 티를 내면 못 놀게 할까 봐 여태껏 참았던 거랬다. 결국 다 들통날 건데. 그래도 속이 뻔히 보이는 수를 쓴 동구가 마치 어린아이 같아 미소가 절로 지어졌다.

"그래, 잘 놀았으면 된 거지. 근데 오늘 감기 걸리면 산책이고 뭐고 없다!"

인생 샷은 못 건졌지만 이렇게 또 우리 둘만의 인생 추억이 아로 새겨졌다.

Small Tip

반려견의 식사

★ 간식으로는 뭐가 좋을까?

사람이 밥만 먹고 살 수 없듯이 반려견들에게도 간식이 필요하다. 사료만으로는 부족한 영양소를 섭취할 수도 있고, 이를 잘 이용하면 훈련에도 효과적이라고 한다. 우리는 반려견용 간식을 따로 사다 먹이기보다는 개에게 좋다는 야채나 과일류를 사다 먹이고 있는데, 당근을 어슷하게 썰어 살짝 데친 후 먹기 좋은 상태로 소량 급여하기도 하고 달걀을 삶아서 노른자만 떼어주기도 한다. 겨울에는 주로 고구마를 쪄서 식힌 후에 먹인다. 이렇게 골고루 돌아가면서 먹이다 보면 따로 강아지용 간식을 사다 먹일 필요성을 크게 느끼지 못하기는 한다. 하지만 치석제거용으로 나온 특별 간식이나 이갈이용으로 나온 기성제품을 사다 주는 것도 괜찮은 방법이다.

★ 사료는 어떤 걸 먹이면 좋을까?

사실 이건 딱 잘라 대답하기 어려운 민감한 주제다. 얼마 전에는 유명 사료를 급여했다가 강아지들이 단체로 혈변 및 설사증상을 보여 큰 문제가 된 적도 있었다. 그래서 특정 상표를 권유하기보다는 가급적 안정성을 입증받은 사료를 알아보거나 병원의 추천을 받아 기호성을 테스트해 보기를 권하고 싶다. 우리 집 반려견의 경우 지금 먹이고 있는 사료도 여러 번의 테스트 끝에 바꾼 건데 특별한 이상 증상 없이 잘 먹는다. 어떤 게 더 낫다기보다 안전하면서도 입맛에 맞는 제품을 찾는 데 중점을 두는 게 좋지 않을까 싶다.

★ 생식은 꼭 해야 할까?
생식의 경우에는 반려견이 섭취해야 하는 영양성분과 급여량에 대한 정확한 파악이 먼저라 유명 프로그램에 나온 수의사들도 초보견주에게는 쉽게 권하지 않는다고 했다. 하지만 충분한 지식과 경험이 있다면 생식을 시도해봐도 괜찮겠다. 실제로 온라인상에서 심심치 않게 자신의 반려견에게 사료 대신 생식을 먹이는 경우를 발견할 수 있는데 견주들의 노력과 연륜이 있었기에 가능한 것일 거다. 어쨌든 필수라기보다는 개인의 선택이라고 생각한다.

입장료가 아깝지 않게 놀아줘

이번이 결코 처음은 아니다. 2만 원이 넘는 거금을 들여서 애견 카페에 데려간 것이. 하지만 애석하게도 돈값은 하지 못했다. 목줄만 풀어주면 무조건 재밌게 놀 거라고 생각한 게 오산이었다. 사실 동구는 애견카페를 별로 좋아하지 않는다. 처음에는 낯설 어서 그런가 싶었다.

'좀 지나면 괜찮아지겠지.'

그래서 장소를 바꾸지 않고 같은 곳에 몇 번을 더 데리고 갔다. 하지만 반응은 똑같았다. 목줄을 벗어던지고 자유롭게 돌아다니 며 강아지 친구들과 쫓고 달리기는커녕 구석에 숨기 바빴다. 24 시간 내내 공을 던져달라고 덤벼들던 녀석이 꿈쩍도 하지 않았다. 그래서 장소를 좀 바꿔보기로 한 것이다. 탁 트인 곳에서 자연의 내음을 맡고 뛰놀 수 있게 야외로 가기로 했다. 날씨는 좀 춥지만 단단히 입히면 괜찮을 듯싶었다. 물론, 닝겐인 우리는 아무리 껴입어도 추울 테지만 그래도 한 번 정도는 희생하고 양보하는 넓은 아량과 가슴을 보여주고 싶었다. (그래, 아직 철은 덜 들었지만 너의 주인이자 엄마라고!)

우리가 선택한 곳은 인천과 김포의 경계에 걸쳐 있는 교외였다. 주위에 정말 아무것도 없어 개들이 짖는다고 민원이 들어올 리도 없고 야트막한 뒷산과 논밭으로 추정되는 너른 땅이 펼쳐져 있어 공기가 좋았다. 이 정도면 동구도 꽤 만족할 거라는 생각을 하며 30여 분을 달려온 우리 둘을 셀프 칭찬해 주었다.

"오길 잘한 것 같아."

겨울이라 그런지 확실히 사람도 개도 적었다. 입장을 하고 음료 두 잔을 받아 매장 앞으로 이어진 조그마한 운동장에 들어서니 십여 마리가 채 안 되는 강아지들이 있었다. 신기하게도 뉴페이스가 등장하면 우르르 달려들어서 짖으며 텃세를 부리던 다른 곳과는 달리 이 아이들은 동구를 거들떠도 보지 않고 다들 자기네 할 일만 한다.

"이거 느낌이 좋은데?"

게다가 날씨도 제법 푹해져서 까만 롱패딩을 입고 있으니 그렇게 춥다는 생각이 들지 않았다. 다른 견주들도 마찬가지였다. 실내에 따로 마련된 자리가 있음에도 불구하고 야외벤치에 앉아 이야기를 나누며 반려견들이 뛰어노는 걸 지켜보고 있었다. 우리도 의자에 짐을 놓고 자리를 잡았다. 동구는 신이 난 듯했다.

하나, 슬슬 돌아다니며 분위기 파악하기.
둘, 어디까지인지 경계 파악하기.
셋, 짬(?)이 좀 되는 개들이 있는지 파악하기.
넷, 만만한 혹은 맘 맞는 친구를 찾아 인사하기.
다섯, 안심하고 우다다다 날뛰기.

다행히 상주견들이 없어 신경전을 벌일 필요가 없는지라 맘 놓고 바로 자기네 집 안방인 양 잘 논다. 게다가 같은 종의 푸들이 몇 마리 있어 다가가 인사를 나누더니 쫓고 쫓기면서 개방정을 떤다. (깨방정 아님) 놀다가 우리 쪽으로 와서 한 번 빙글 돌고 또 놀다가 우리 쪽으로 와서 눈도장 한 번 찍더니 동구는 자취를 감춰버렸다.

"동구야~ 동구야~."

이중문이 설치되어 있어 탈출했을 리는 없겠지만 그래도 보이지 않으니 걱정이 되어 한 번씩 부르면 어디선가 쏜살같이 튀어나와 우리 곁으로 온다. (분명히 간식을 주는 다른 견주들 주변을 알짱대며 애절한 눈빛으로 얻어먹으려 하고 있었을 게다) 덕분에 신랑도 나도 맘 놓고 사진도 찍고 경치도 감상하고 그네도 타면서 시간을 보낼 수 있었다.

"신선놀음이 따로 없네."

동구에게 함께 놀아줄 친구가 있고 리드줄을 할 필요가 없는 자유가 있고 오감을 일깨워주는 자연이 있어 더없이 좋은 시간이었다.

잠깐 이날 만났던 귀여운 개친구들을 소개하자면

★ 토이푸들
나이가 세 살로 동구의 반 밖에 되지 않는 가녀린 체구를 가지고 있어 귀여움이 낭낭. 미용도 잘 되어 있고 관리와 사랑을 듬뿍 받고 있는 것 같아 부러우면서도 반성하게 함. (동구가 순박한

게 장점이기는 하지만 너무 순박해지면 안 되지. 암~)

★ 시바견
까만색의 시바견. 일명 블랙탄이라고 하는데 날렵한 체구에도
뭔가 단단함이 느껴짐. 주인이 공을 던지면 잽싸게 물고 오는 그
모습에 절로 탄성이 나옴. 이래서 시바시바 하는구나 하는 생각
이 듦. (욕 아님)

★ 비숑
눈과 코가 콩 세 알처럼 박혀 있는 데다가 털이 풍성하고 앙증맞
아 인형 같음. 발을 내디딜 때마다 다들 탄성을 지르며 사진 찍
기 바쁨. 내 개가 아니지만 내 개 하고 싶은 마음이 절로 드는 비
주얼. 짖거나 입질하는 모습도 보지 못했으니 성격이나 매너도
좋은 편이라 생각됨.

하지만 완벽한 나들이였음에도 불구하고 돌아오는 내내 나는 깊
은 상념에 빠져 있었다. 그동안 동구에게 사준 옷은 단 네 벌. 그
중에 한 벌은 패딩인데 한 살이 되기 전에 구입한 거라 좀 작아
져서 개할멈이 리폼을 해준 것. 다른 하나는 봄과 가을에 애용하
던 꿀벌옷인데 동구가 물어뜯어 더듬이를 잘라내서 누더기 같은
것. 또 다른 옷은 이소룡의 트레이드 마크인 노란색 트레이닝복

인데 생각보다 잘 안 어울려서 서랍 깊숙한 곳에만 박혀 있어 제대로 된 건 '다있어'에서 개할멈이 사준 옷 한 벌뿐이었다. 그런데 애견운동장에서 만난 강아지들은 누가 봐도 비싸고 고급스러워 보이는 옷을 입고 있어 왠지 너무 무심했나 하는 생각에 기분이 착잡해지는 거였다.

게다가 다들 미용을 받았는지 최신 유행 헤어스타일로 귀여움을 뿜어내고 있었는데 그 속에서 인터넷으로 구입한 이발기와 미용가위로 직접 다듬어준 동구만 왠지 모르게 수더분해 보이는 것 같아 마음이 쓰였다. 나는 원래 다른 강아지들과 동구를 비교하는 걸 극도로 싫어하기는 하지만 혼자 있으면 최고로 귀여운 금쪽같은 내 새끼가 금쪽같은 남의 새끼들 사이에 있으니 상대적으로 부족해 보인다는 생각이 드는 거였다.

그동안 나름대로 잘해줬다고 생각했는데…. 바쁘더라도 1일 1산책을 고집하고 장시간 집을 비울 때면 개할범과 개할멈 집에 맡겨 외롭지 않게 해줬던 나의 노력이 어쩐지 너무 소박하고 게을러 보였다.

'제대로 된 옷도 한 벌 안 사주고 미용실도 안 데려가고 비싼 간식도 사 먹인 적이 없고….'

그동안 뭐 했을까 하는 후회와 아쉬움이 꼬리에 꼬리를 물어 즐거웠던 나들이의 뒷맛이 영 개운치 않았다. 하지만 사람은 쉽게 변하지 않는다. (고 하지 않는가?) 내가 할 수 있는 선에서 최선을 다하고 부족한 부분이 있다면 개할범과 개할멈 그리고 개이모의 찬스를 사용해 메워주면 된다. 우리는 가족이니까. 동구에게는 이제 둘이 아닌 다섯의 가족이 생겼으니까.

즐거웠으면 됐다. 즐겁게 뛰어놀았으면 됐다. 그게 아니더라도 건강하면 됐다. 그거면 만족한다. 그러고 보니 우리 부모님이 나를 키우실 때 하시던 말인데…. 부모 마음이나 개엄마 개아빠 마음이나 같은가 보다.

숲속으로 가자

가족이라는 이름 아래 하나가 된 우리다 보니 뭐든지 함께 하지 않으면 마음이 불편하다. 동구를 두고 나와 신랑과 둘이서만 좋은 데를 가거나 맛있는 걸 먹거나 재밌는 걸 보면 그날은 죄책감 때문에 시름시름 앓게 된다. (약간의 과장을 보태긴 했지만 양심의 가책이 꽤 크다) 이번 여름휴가가 그랬다. 2018년 들어 되는 일이 하나도 없다며 스스로를 괴롭히고 자책하며 힘든 상반기를 보냈던 나는 너무나도 지쳐 어디론가 숨고만 싶었다. 하지만 때로는 띄엄띄엄 때로는 마구잡이로 몰려드는 일 때문에 속 시원히 떠날 수도 없었다. 그런 내게 여름휴가는 모든 걸 내려놓고 잠시 쉼표를 찍을 수 있는 유일한 기회였다. 하지만 꼴랑 2박 3일 강원도 여행을 떠나는 데도 숙소 잡기가 쉽지 않았다. 문제는 동구였다. 빠듯한 예산 안에서 반려견을 동반할 수 있는 곳은 많지 않았다. 더군다나 나는 자연을 좀 더 편하게 만끽할 수 있는 휴양림을 일찌감치 숙소로 점찍어둔 상태였다. 여기서 캠핑을 가면 되지 않느냐고 생각하는 사람도 있을 거다. 하지만 여기에는 슬픈 사연이 있다.

올해 초였을 거다. 반려견을 데리고 갈 수 있는 캠핑장 중에서 거의 최고봉으로 꼽힌다는 곳을 예약했더랬다. 가기 전날부터 아니 전전날부터 아니 전전전날부터 설레어 다른 사람들의 후기를 체크하고 또 했다. 그리고 드디어 D-DAY. 장비를 챙겨서 길을 나설 때까지만 해도 좋았다. 차가 좀 막히기는 했지만 네 번째가 되니 노하우가 생겨 중간에 맛있는 걸로 요기도 하고 동구가 볼일을 볼 수 있게 내려 쉬기도 했다. 하지만 도착하고 나서 다시 확인하니 늦은 밤부터 비가 올지도 모른단다.

'어떡하지?

느지막이 도착해서 이제야 간신히 텐트를 설치했는데. 산속이라 나가기도 어렵고 이 시간에 방수포를 구하기도 어려울 텐데. 나는 또 한 번 상념에 빠져들었다. 하지만 뾰족한 수가 없었다. 매사에 긍정적인 신랑은 괜찮을 거라며 나를 위로하기까지 했다.

"별 일 없을 거야. 여차하면 일찍 출발해서 집에 가도 되고. 아이 ~ 비 안 샌다니까. 너무 걱정하지 마."

하지만 불길한 예감은 틀린 적이 없지. 잠을 자고 있는데 내 두 볼 위로 뭔가가 뚝뚝 떨어지기 시작했다. 비였다. 비가 오고 있었다.

'멀쩡한 집도 이 정도는 비 샐 때도 있어. 조금 불편한 거지 못 잘 정도는 아니야.'

그렇게 나를 달래며 다시 잠 속으로 빠져드는 데 점점 엉덩이가 축축해져왔다. 다 큰 어른이 실수를 했을 리 없다. 실은 거세진 비로 인해 바닥에 물이 들이치고 있고 우리는 그대로 침몰하고 있었다. 노를 저어도 충분할 만큼 축축해진 텐트 바닥. 그것보다 마침 우리는 전열기를 사용하고 있었다. 전기장판 말이다. 물이 들이치면 어떤 큰일이 벌어질지 모른다는 생각이 들었다. 신랑은 비가 오거나 말거나 숙면을 취하는 중. 혼자서라도 대책을 강구해야 했다. 그것도 얼른.

'새벽 두 시가 좀 넘었으니까 지금 출발할 수는 없을 거 같고. 어쩐다. 비가 그칠 기미도 안 보이고. 일단 걷어야 하나?'

누구보다 빠른 결정이 필요한 순간이라 철수하기로 마음먹고 남편과 동구를 깨우고 짐을 챙기기 시작했다. 하지만 문제는 그뿐만이 아니었다. 비탈길에 사이트를 마련해둔 터라 차는 저 한참 아래에 주차를 해두었고 길이 좁아 진입이 불가능한 상태. 아침이라면 사장님께 말씀드려 카트로 짐을 옮길 수 있지만 지금은 모든 사람이 자는 새벽시간이 아닌가. 그래서 그냥 우리끼리 급한 것만 챙겨 차에 피신해 있다가 날이 밝으면 텐트를 걷기로 했다. 한 사람은 우산을 한 사람은 물건을 든 채로 비가 내려 미끄러운 흙바닥 언덕을 한 시간이 넘게 왕복하며 짐을 옮겼다. 그러고 나니 우리 둘은 탈진상태. 그대로 쪽잠을 청하며 해가 밝아오기를 기다렸고 부랴부랴 텐트까지 철수해 떠나고 말았다. 머리도 옷도 쫄딱 젖고 배까지 고픈 우리는 거지꼴 그 자체였다. 이 상태로 돌아가면 안 좋은 기억으로 길이길이 남을까 봐 길가에 있는 돈가스집에 들러 사장님께 양해를 구하고 동구를 데리고 들어가 아침을 해결했다. 그렇게 우중캠핑을 경험하고 난 뒤 나는 캠핑이라는 두 글자를 입에 올리지 않게 되었다. 더불어 장비도 처분해 버리자며 신랑을 보채기도 했다. 물론 이 모든 건 우리의 준비가 부족한 탓이었다는 걸 알지만 말이다.

아무튼 그 경험 이후로 캠핑보다는 조금 더 안락하게 자연을 즐길 수 있는 방법을 찾아보다가 휴양림을 발견하게 되었다. 국가에서 운영하는 곳도 지자체에서 운영하는 곳도 개인이 운영하는 곳도 있단다. 그중에서 가장 저렴하고 잘 관리가 되는 곳은 '국립휴양림'이지만 문제는 박 터진다는 경쟁률! 게다가 성수기나 주말은 추첨제 대상이란다. 아쉽게도 손이 느린 나는 지자체 휴양림으로 눈을 돌렸고 정선과 태백에서 산과 계곡을 만끽하며 즐거운 여름휴가를 보냈더랬다. 다만 반려동물은 데리고 갈 수 없다는 규정 때문에 동구는 함께할 수 없었다.

"동구도 같이 왔으면 좋았을 텐데."

그런데 양평에 반려견을 데리고 갈 수 있는 휴양림이 있다고 했다. 얼핏 들은 것 같기는 했는데 진짜로 가능한 건지 의심스럽기도 했고 무엇보다 다녀온 사람이 별로 없었다. 후기를 찾아봐도 한두건 뿐인데 숙소 상태나 자세한 내용은 확인하기 어려웠다. 그래도 못 먹어도 고,라는 마음으로 동구를 위해서는 무엇인들 못하겠냐는 극성엄마의 마인드로 도전해보기로 했다.

그렇게 떠난 '산음자연휴양림'은 올해 처음 지정된 반려견 동반 휴양림이다. 국가에서 운영해서 평일에는 3만 원대로 숙박이 가능하고 반려견 놀이터도 무료로 이용이 가능하다. 두근대는 마음으로 떠난 그곳은 우리의 기대를 10000000000000000000000%

충족시켜 주었다. (여기서도 나의 성격이 나오지 않는가) 우중캠핑 이후로 내가 비를 몰고 다니는가 보다. 부슬비가 내리기는 했지만 못 놀 정도는 아니었다. 평일인 터라 길에는 차가 거의 없어 예상시간 보다 일찍 도착해 근처 애견동반 카페에서 차를 마시며 시간을 보내다가 칼같이 입실을 했다. 산속 깊숙이 자리 잡은 탓에 가는 길은 험난했지만 피톤치드가 뿜어져 나온다는 걸 비염환자인 우리 남편도 느낄 수 있을 정도로 공기도 산내음도 좋았다.

"여긴가 봐."

기대를 안고 열쇠를 넣고 돌리자 아담한 내부가 눈에 들어왔다. 제일 작은 평수로 예약했기에 원룸형태였지만 우리 세 식구가 쓰기엔 적당했다. 무엇보다 산 쪽으로 크게 나있는 통창이 마음에 쏙 들었다. 문을 열어 재끼고 누워 하늘을 보니 내가 안에 있는 건지 밖에 있는 건지 분간이 안 될 정도였다. 동구도 좋은가 보다. 창틀에 발을 대고 섰는데 그 모습이 사람 같았다.

"이 소리가 들리지 않는가. 자연이 나를 부르고 있지 않는가."

근엄하기 짝이 없는 말투로 호령하며 밖을 응시하는 듯한 녀석이 귀여워 사진으로 남겨놓고는 서둘러 반려견 놀이터로 향했다. 비가 오는 탓에 강아지 친구들은 많이 없었지만 동구는 살랑이라는 포메라니안 친구와 함께 이리 뛰고 저리 뛰며 잘 놀았다. 그거면 충분했다. 어질리티는 손에 대지도 않았지만. (아니 발에 대지도 않았지만 인가?)

숙소에 돌아와서는 피곤했는지 주는 고기도 잘 받아먹고 옆으로 누워 낮잠도 자더니 고양이 냄새를 맡았는지 한밤중에는 나가겠다고 저지레를 한다. 그래도 모처럼 우리 셋이 함께 하는 평화로운 시간이었다.

아직 캠핑을 아예 접지는 않았다. 하지만 휴양림의 매력을 맛본 우리는 당분간은 조금 더 편하게 자연을 즐길 수 있는 여행을 떠날 것 같다. 둘 말고 셋이서. 비가 오든 말든.

꼬마, 너를 잊지 않을게

어느 추운 겨울, 꼬마를 만났다. 그리고 그때 직감했다. 앞으로 나의 인생은 전과는 절대 같을 수 없음을. 정확하게 말하자면 또 한 번의 변곡점과도 같은 것이었다. 동구를 키우기 전에는 몰랐던 세계, 아니 알았다고 할지라도 관심을 크게 두지 않았거나 와닿지 않았을 세계가 거기 있었다.

한 해 유기되는 동물의 수는 추산 약 9만 마리. 하지만 이들이 갈 곳은 없다. 길에서 포획된 아이들은 집으로 돌아가지 못하거나 새 주인을 만나지 못하거나 혹은 임시보호라도 되지 못하면 10일간의 공고기간을 거쳐 안락사된다. 열흘이라는 짧은 기간 동안에 생과 사가 결정되는 것이다. 극히 일부만이 운이 좋게 살아남고 나머지는 자기 생명에 대한 결정권을 갖지도 못한 채 무지

개다리를 건넌다.

그래서 이 사실을 아는 사람들은 삼삼오오 힘을 모아 사립 보호
센터를 만들어 운영하거나 그것도 안 되면 유기된 동물들을 임
시로 보호하면서 입양처를 찾아준다. 그런 커뮤니티들은 SNS상
에서도 심심치 않게 찾아볼 수 있는데 '꼬마' 라는 이름의 유기
견도 이곳에서 만나게 되었다.

사연은 이렇다. 어느 날 구조자가 마트에 갔다가 집에 돌아오는
길에 한 믹스견을 발견했다. 귀엽기도 하고 불쌍하기도 해서 소
시지를 나눠주었는데 집까지 쫓아왔더란다. 하지만 어린 딸도
있고 기를 형편이 되지 않아 가라고 한 뒤 문을 닫았는데 이튿날
여전히 집 앞에서 구조자를 기다리고 있었다. 안타까운 마음에
임시로 집을 만들어준 뒤 보호를 하기로 하고 병원에 데려가 검
진을 했는데 '홍역' 과 '파보장염' 그리고 '코로나' 에 걸린 상태
였다.

최악 중에 최악의 케이스였다. 특히 홍역은 전염성이 있고 치사
율이 90%에 달할 정도로 위험한 질병이다. 게다가 이 아이는 아
직 새끼에 불과했다. 구조자는 일단 살리고자 하는 마음으로 사
연을 커뮤니티에 올렸고 내가 그 글을 보게 된 것이다. 다행히

십시일반으로 병원비를 마련했고 입양자가 나타날 때까지 임시
보호를 하는 것으로 일단락되었다. 후원자들끼리 이야기를 나누
는 채팅방에 종종 올라오는 사진과 동영상을 보며 누군가는 안
도했고 누군가는 기뻐했다. 나 역시도 그중 하나였다.

'다행이다. 잘 만났네.'

하지만 불행히도 홍역을 치료하는 과정에서 후유증이 발생했다.
가만히 서 있지 못하고 뒷다리를 미세하게 떠는 녀석. 한 번 발
병하면 완치되기 힘들고 장애로 남는다고 했다. 살아남기는 했
지만 입양은 힘들어 보였다. 구조자는 그런 꼬마를 자신이 끝까
지 책임지겠다고 가족이 되어주겠다고 했다. 그리고 이번에는
약물치료와 한방치료를 병행하기로 했다.

'제발 꼬마를 낫게 해주세요. 길에서 떠돌던 아이가 이제야 간
신히 좋은 가족을 만나 행복해질 수 있게 되었는데.'

나는 촛불을 켜고 기도를 하는 심정으로 되뇌고 또 되뇌었다. 하
지만 기적도 해피엔딩도 없었다. 갑작스러운 비보가 날아들었
다. 꼬마는 후유증을 이기지 못하고 별이 되어 떠났다. 아직도
기억나는 구조자의 편지 한 구절.

'다음 생애에는 유기견이 아니라 가족으로 만나자.'

그날 나는 전화기를 붙들고 이 소식을 신랑에게 전하며 펑펑 울었다. 더 슬펐던 건, 이제 막 행복해지기 시작했는데 그럴 수 없었다는 점. 그보다 더 슬픈 건, 그런 잠깐의 보살핌조차 받지 못하고 세상을 뜨는 아이들이 셀 수 없이 많다는 점이었다. 만약 꺼져가는 생명을 위해 촛불을 켠다면 그건 함을 가득 채우고도 모자랄 일이었다. 그게 슬프고 안타까웠다.

그 일을 통해서 나는 유기견에 대해 관심을 갖게 되었다. 하지만 지난번 경험을 통해서 내가 할 수 있는 게 무엇인지를 생각하고 신중하게 움직이기로 했다.

입양을 할 형편은 되지 않는다.

맞벌이를 하는 입장이라 동구 하나를 케어하는 것만으로도 힘에 부친다. 집을 자주 비우는 것 또한 반려견에게는 무척이나 괴롭고 쓸쓸한 일일 것이다. 다견이라고 해서 친구가 생긴다고 할 수만도 없다. 각각의 성향이 다르고 또한 애정을 독차지하고 싶어 하는 욕구가 있어 오히려 외로운 강아지 두 마리 혹은 사이가 좋지 않은 강아지 두 마리를 만들게 될 수도 있다.

임보는 짧은 기간만 가능하다.

아파트에 거주하다 보니 소음으로 인한 민원이 심각하다. 특히 반려견의 짖음으로 인해 이웃끼리 얼굴 붉히는 걸 많이 봤다. 임시보호를 하게 될 강아지의 경우 급작스런 환경변화로 인해 짖거나 하울링을 할 수도 있기에 최대한 불편을 주지 않고 또 아이를 안전하게 보호하기 위해서는 긴 시간 동안 함께하기는 어렵다.

봉사는 주기적으로 할 수 있다.

서울에는 이미 체계적으로 운영되는 사설 보호센터들도 꽤 되고 내가 살고 있는 인천지역에도 몇 군데 있다. 주중이나 주말에 시간이 된다면 방문해서 봉사를 하는 것은 가능하다.

후원은 사실 아직까지 조금 부담스럽다.

SNS상에서는 유기된 강아지들을 구조하고 치료하기 위한 모금글이 생각보다 꽤 많이 올라온다. 내가 직접적으로 후원한 건 '꼬마'의 케이스뿐이지만 실제로 망설인 적이 한두 번이 아니다. 요즘에는 그걸 악용해 후원내역이나 사용내역을 밝히지 않고 다른 목적으로 유용한 사례도 있다고 한다. 하지만 선한 의도

를 가지고 내역을 투명하게 공개하는 경우도 많으니 개인의 판
단과 선택에 의해 후원을 하면 되겠다.

물품 기부는 형편이 되는 내에서 가능하다.

돈 대신에 선택한 것이 바로 물품 후원. 이 경우에는 개들이 먹
는 사료뿐 만이 아니라 돌보는데 필요한 각종 집기류도 포함된
다. 유기견 보호센터에서는 종량제 쓰레기봉투, 배변패드, 펫밀
크, 비닐장갑, 세제, 강아지옷, 이동장 그리고 세제 등도 필요로
한다. 특히 동구가 자라서 맞지 않는 옷이나 이동장 혹은 장난감
은 기부가 가능하고 그게 아니더라도 사료는 만 원이 채 되지 않
아 부담이 가지 않는 한에서 주기적으로 도움을 줄 수 있다.

유기견의 입양이나 임시보호를 위한 홍보에는 적극적으로 참여할 수 있다.

글을 쓴다는 것이, SNS를 나름 열심히 한다는 것이, 이럴 때는 도
움이 되어서 다행이다. 아이들의 사진과 동영상을 예쁘게 찍고
프로필을 자세히 작성해 홍보를 하면 입양을 하고자 하는 사람
들에게 정보를 제공할 수 있고 또한 이렇게 해서 입양이 된다면
그 빈자리에 또 다른 유기된 동물이 들어올 수 있게 된다.

동물법이나 권리를 위해 목소리를 적극적으로 낼 수 있다.

정치적인 이슈에는 비교적 소극적이었다. 하지만, 사람처럼 자신의 입장을 대변해 목소리를 낼 수 없는 동물들을 위해 관련 사안에 대해 지속적으로 모니터링을 하고 이에 동참하고자 한다.

이 중에서 봉사와 물품 후원 그리고 홍보는 가능한 빨리 실행에 옮기는 것이 좋겠다 싶었다. 그래서 우선, 크리스마스이브에 봉사를 다녀왔다.

이날은 비가 부슬부슬 내리는 데다가 날이 날이니만큼 방문하는 사람도 봉사자도 적어 보였다. 약 한 시간이 넘게 달려 도착한 그곳. 약간의 우여곡절이 있었지만 오전 11시경부터 오픈을 위한 봉사활동을 할 수 있었다. 우선은 락스 물을 풀어 바닥을 청소하고 배변패드를 갈아주었다. 그후에는 곳곳에 놓인 아이들의 사료그릇을 채워주었다. 마지막으로 테이블과 의자까지 세팅을 하면 준비 완료!

생각보다 시간은 오래 걸리지 않았지만 일단 여러 개체가 모여 사는 곳이다 보니 매일 배출되는 또옹(=똥=응가)이 엄청나다.

아무리 관리를 잘 한다 해도 냄새가 배고 털들이 뭉쳐 있거나 날아다닐 수밖에 없다. 비위가 좋은 나였지만 그렇지 않다면 괴로울 수 있으니 유기견 봉사활동을 처음 가게 된다면 마음의 준비가 필요하다.

일이 어느 정도 마무리가 된 후에는 아이들에게 부족한 손길과 사랑을 듬뿍 나눠주기! 간식을 하나 들고 있으면 내 주위로 수많은 개들이 모여드는 기적을 경험할 수 있다.

어떤 아이는 계속 만져달라고 몸을 가져다 대기도 하고 졸졸졸 쫓아다니기도 하며 공을 던져달라고 물어오기도 한다. 물론 입질이 있거나 조금은 거친 아이도 있다. 하지만 그럴 때는 단호하게 안 된다고 말해주거나 몸짓을 보여주면 순순히 말을 듣는다. 행여 내가 제어하지 못하는 상황이나 아이가 있다면 사장님이나 연륜이 있는 다른 봉사자분들에게 도와달라고 하면 된다.

두 시간 남짓도 안 되게 일을 하고 아이들과 놀아주고 있자니 약간의 죄책감이 몰려왔다. 게다가 우리는 짬뽕과 짜장면 그리고 승리의 탕수육까지 얻어먹은 상황. 깜빡 잊고 물품을 챙겨 오지 않아 기부도 못하게 되어 미안한 마음이었는데 마침 기금 마련 새해 캘린더를 판매한다고 했다.

아이들의 사진과 이야기가 담긴 달력을 한 부 구매하고 어쉬운 작별인사를 건넨 뒤 돌아왔다. 그리고는 집에 돌아와 옷을 갈아입고 그대로 곯아떨어졌다. 처음인지라 무척이나 긴장을 했나 보다. 그렇게 나의 첫 봉사는 마무리가 되었다.

말로는 뭐든 할 수 있다. 나는 심지어 글을 쓰는 게 직업이라 글로도 뭐든 할 수 있다. 하지만 행동으로 옮기기는 어렵다. 생각보다 봉사는 힘들었다. 하지만 그럼에도 나는 아이들의 반짝이는 눈망울, 혀를 내밀고 웃는 모습, 나라는 사람을 필요로 한다는 고마움을 얻어왔다. 그래서 나는 또 간다. 내가 나눠준 사랑보다 더 큰 사랑을 퍼준 아이들을 만나러.

※ 잠시나마 우리 곁에 있다가 별이 된 꼬마의 명복을 빕니다

에 필 로 그

동구가 우리에게 온 지 벌써 2년이 지났다. 그 사이 깨물어주고
싶을 정도로 깜찍한 외모는 어느덧 이름처럼 구수하고 순박하게
변해버렸다. 하지만 나는 지금의 모습이 더 사랑스럽다. 함께해
온 시간이 켜켜이 쌓여 우리를 더 끈끈하게 만들어주었으니까.

사실 요즘에는 반려견이 없었더라면 어땠을까 하는 상상을 해
본다. 동구는 이갈이를 할 때 내가 가장 좋아하던 패브릭 소파도
남편의 안경도 우리들의 양말과 속옷도 말 그대로 아작을 냈다.
그뿐만이 아니었다. 음식물 쓰레기를 헤집어놓아 집안을 난장판
으로 만들어놓기도 했다. 반려동물은 데려갈 수 없다는 조항 때
문에 포기한 수많은 여행지와 맛집 그리고 카페들도 있었다. 그
럼에도 불구하고 후회는 없다. 오히려 반대다. 얼마 전 엄마(=개
할멈)에게도 그런 이야기를 한 적이 있다.

"몇 년 전에 강아지를 데려와야 했어. 죽기 전까지 하루라도 더 오래 보고 싶어. 왜 진작 그러지 않았을까?"

그 말에 엄마도 동의를 했다. 여기에 아빠(=개할범)도 한마디 보탠다.

"태어나서 니가 제일 잘한 일은 동구를 데려온 거야."

엉덩이에 가끔 똥을 달고 와 침대를 더럽혀도 오리털 점퍼에 구멍을 내 털이 흩날려도 샌들의 끈을 물어뜯어 슬리퍼로 만들어도 이제는 그저 허허 웃을 뿐이다. 반려견은 그보다 더 큰 기쁨과 사랑을 준다는 걸 아니까.

매일 문을 열고 들어올 때마다 침실에서 웅크리고 나를 기다리던 녀석은 우다다다를 하며 반긴다. 슬픈 날에는 위로라도 하듯 내 몸에 자기 몸을 착 붙이고서는 함께 해준다. 가족이 함께하는 날에는 공을 물고 우리 사이를 오가며 기꺼이 분위기 메이커가 되어준다.

그거면 되었다.

더 넓은 세상도 필요 없다. 우리가 함께하는 곳이 우주가 되어줄 테니까. 그 어떤 진귀한 것도 너를 품에 안았을 때 느끼는 감동보다는 못할 테니까. 그러니 단 하나만 바라본다. 앞으로도 날이 궂으나 좋으나 이렇게 길 위에 함께 섰으면 좋겠다. 여전히 걷기가 어색한 나는 뒤뚱거릴 테고 천근만근인 몸뚱이는 그대로일 테지만 그래도 반길 테니까. 우리의 산책을 언제까지나.

부록

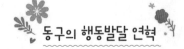

동구의 행동발달 연혁

본격적인 이갈이

0개월   2개월   11개월

7월   9월   11월   2월   4월

출생   입양   본격적인   개줄기   강종화 놀음
         배변훈련   산책!   씹방놀이
         시작!   아지짐

1년

2년 6개월

7월
한살됨
개린이
(개+어린이)

11월

7월
두 번째 생일!
청년등극
약간 노해심

now

분위기 미남 동구

"엄마, 어디서 타는 냄새 안 나요?
내 마음이 불타고 있잖아요."

아무래도 전문가의 손길이 느껴져~.

"우린 가족이라면서요?! 한 입만 줘 봐요."

꿈에 그리던 연상녀가….

"할머니, 저도 거기 들어가고 싶은데…
너무 어린가요?"

날파리 끈끈이 주걱같은 헛바닥

"잡았다, 요놈!"

"할머니, 새 옷 감사해요. 부들부들하니 따뜻해요.
이제 양말 그만 물어뜯을게요."

"엄마, 지푸라기 맛나요. 이 맛에 산책하는 거지요."

"겨울은 싫지만 눈은 좋아."

"자, 창밖을 보시개. 나의 동료들이 기다리고 있지 않은가. 어서 나가지 않고 뭐하는가."

"아가야, 따뜻하니?"

개린이날 애견캠핑이 개최되었음을 선언합니다.